光文社文庫

長編時代小説

秋帆（しゅうはん）狩り

夏目影二郎始末旅(十一)

決定版

佐伯泰英

光 文 社

※本書は、二〇〇六年十月に光文社文庫より
刊行した作品を、文字を大きくしたうえで
さらに著者が大幅に加筆修正したものです。

目次

北
法明寺
鬼子母神
雑司ヶ谷
護国寺
白山
小石川
伝通院
高田馬場
駒込追分
本郷
東叡山寛永寺
中堂
不忍池
下谷山崎町
新吉原
鳥越町
今戸町
今戸橋
竹屋ノ渡し
小梅村
浅草寺
花川戸町
吾妻橋
並木町
浅草駒形堂
蔵前
三好町
御蔵前通り
大川
御米蔵
御徒町
牛込
小石川
神田川
神楽坂
外神田
向柳原
本所
浅草御門
御竹蔵
番町
田安門
内神田
柳橋
両国橋
江川町
南割下水
大横川
国豊山回向院
雉子橋
一ッ橋
神田橋
馬喰町
薬研堀
竪川
市谷
小伝馬町
御船蔵
御籾蔵
菊川町
今川橋
北町奉行所
四谷町
室町
葺屋町
新大橋
小名木川
半蔵門
江戸城
松島町
海辺大工町
麹町
日本橋
日本橋川
仙台堀
深川
組屋敷
八丁堀
新川
永代橋
材木町
赤坂御門
永田町
南町奉行所
霊岸島
桜田門
数寄屋町
木挽町
八丁堀
富岡八幡宮
木場
溜池
石川島
越中島
洲崎
佃島
芝口ノ橋
汐留橋
江戸湊
葺手町
神谷町
浜御殿
市兵衛町
飯倉片町
増上寺
金杉川
渋谷川
善福寺
赤羽橋
金杉橋
古川町
天現寺
麻布
白金
目黒不動尊
北品川
目黒川
南品川
下目黒
大崎
戸越
谷山
桐ヶ谷
三木
大井
北大森
北蒲田
羽田
六郷川
玉川
北

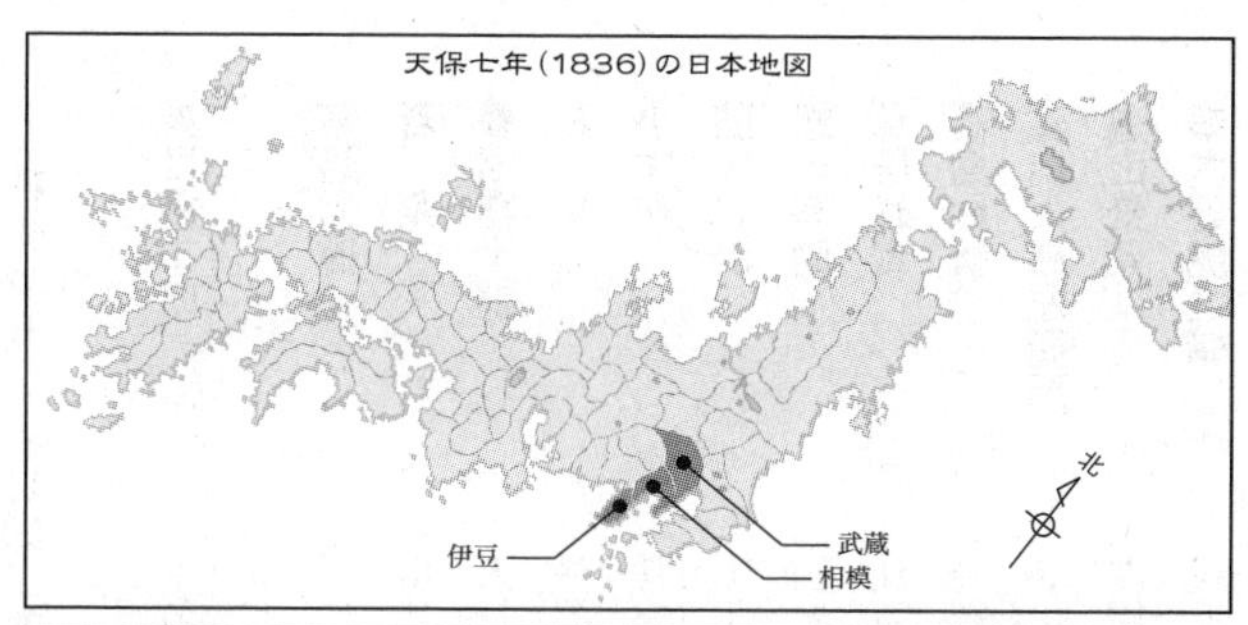

天保七年(1836)の日本地図
北
武蔵
伊豆
相模

伊豆
北
箱根山
芦ノ湖
箱根神社
小田原
根府川
江之浦
箱根峠
湯河原
真鶴
箱根関所
日金山
東海道
三嶋大社
三島
伊豆山神社
沼津
熱海
函南
鞍掛山
駿河湾
網代
淡島
韮山
内浦湾
清水湊
大瀬崎
三津
三保の松原
宇佐美
戸田漁港
修善寺
伊東
戸田
狩野川
川奈埼
土肥
吉奈温泉
中伊豆
浄蓮の滝
天城山
賀茂村
熱川
天城峠
東伊豆
西伊豆
大滝
河津
相模灘
今井浜
松崎
河津浜
蓮台寺
下田
爪木崎
海蔵寺
石廊崎

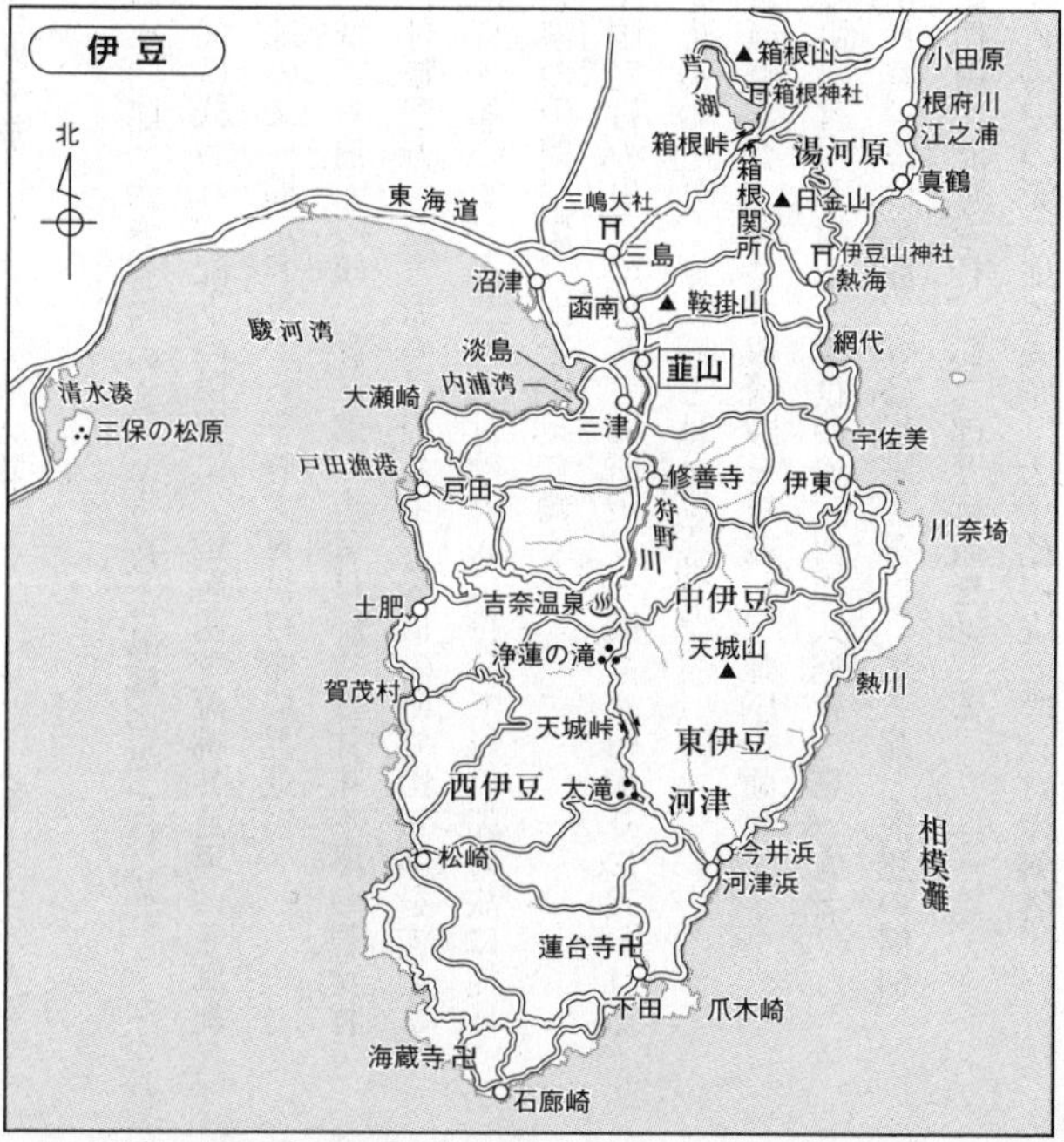

#『秋帆狩り　夏目影二郎始末旅(十一)』主な登場人物

夏目影二郎　本名瑛二郎。常磐秀信の妾の子。放蕩無頼の果てに獄につながれたが、父に救われ、配下の隠密に。鏡新明智流桃井道場の元師範代。

常磐秀信　影二郎の父。勘定奉行から幕府大目付首席に昇進。

若菜　川越城下の浪人の娘。影二郎の祖父母が営む甘味茶屋の若女将。

菱沼喜十郎　大目付監察方。道雪派の弓の名手。秀信の命で影二郎を支える。

おこま　菱沼喜十郎の娘。水芸や門付け芸人に扮して影二郎の旅に従う。

小才次　常磐家の中間。影二郎を支えて働く。

国定忠治　上州国定村の出身の侠客。関所破りの廉で八州廻りに追われる。

蝮の幸助　国定忠治の子分。影二郎とは誼(よしみ)を通じあう。

鳥居耀蔵　江戸南町奉行。御禁令取締隊を組織し、弾圧を強める。

高島秋帆　長崎町年寄、長崎会所調役頭取。西洋式砲術の第一人者。

江川太郎左衛門　韮山代官。諱は英龍、号は坦庵。秀信、影二郎と昵懇の間柄。

遠山景元　左衛門尉。北町奉行。影二郎とは誼を通じる。

串木野虎之輔　桃井道場での影二郎の先輩。士学館の虎と呼ばれた剣客。

秋帆狩り（しゅうはん）

夏目影二郎始末旅(十一)

序章

梅雨の明けた浅草三好町の裏長屋市兵衛長屋の木戸口の日陰で、あかが長々と体を伸ばして眠り込んでいた。

風が吹き抜ける場所はあかの好みの昼寝場所であった。

昼前のことだ。

棒手振りの杉次が長屋の軒下に植えた朝顔の花が数輪咲いて風に揺れていた。

犬の体の上をあぶが飛び回り、無意識のうちにあかの尻尾が大きく振られてあぶを追った。

「あか、おめえはもう夏の疲れが出たか」

と杉次の女房のおはるが井戸端に行こうとしてどぶ板の上に姿を見せ、あかの寝込む姿を見た。

あかがうっすらと目を開き、尻尾を今度は小刻みに振った。

長屋の住人夏目影二郎が利根川の河原で拾った子犬は今や堂々とした体に育ち、市兵衛長屋の番犬の役も果たしていた。

「あか、おまえの主は朝湯かい」

とおはるが声をかけ、その言葉に反応したようにあかが起き上がった。

主の気配を感じてのことだ。

木戸口に立った着流しに脇差だけの影二郎の顔には朝湯を使った感じがあった。

「旦那、朝から湯屋とは羨ましいご身分だねえ」

「亭主は炎天下天秤棒を担いで商いに汗を流しておるのにと言いたいか」

「言ったところで蚊に刺されたほどの効き目もあるまい。主が朝湯で、飼犬は昼寝だと」

おはるが洗濯物を抱えて井戸端に行った。

「主従で評判がよくないな」

影二郎が呟くと、あかが上目遣いに見上げた。

「あか、人を上目遣いに見るのはよくないぞ、そなたに小馬鹿にされておる気がいたす」

と影二郎が言ったとき、木戸の外に人の気配がした。

影二郎が覗くと、なんと坦庵こと直参旗本にして韮山代官江川太郎左衛門英龍が、市兵衛長屋の路地に入ってきた。

「江川様」

「おおっ、やはり影二郎どのの住まいはこちらか」

江川の額に汗が光っていた。

「住まいとはおこがましい裏長屋にございます。お遣いを頂ければお屋敷に参上いたしましたものを」

「ちと内密な話でな、ひとりで参った」

と太郎左衛門が答え、影二郎は、

(はて、どこで話したものか)

と思案した。

「江川様を九尺二間の長屋に招じ上げるのも憚られます。暫時、お待ちください」

「それがしは長屋でも構わぬ」

という太郎左衛門を残し、長屋に急ぎ戻った。

普段着を夏小袖に替え、腰に南北朝期の名鍛冶法城寺佐常が鍛造した大薙刀を刃渡り二尺五寸三分（約七十七センチ）の刀に鍛え直した一剣と脇差を差し、一文字笠を手にした。

身仕度を整えながら、韮山代官がわざわざ影二郎の長屋を訪れた理由を考えた。

天保十二年（一八四一）、つまり昨年の夏のことだ。

長崎町年寄にして長崎会所調役頭取高島四郎大夫秋帆が徳丸ヶ原で西洋式砲術の演習を行った後、幕府は西洋事情に精通した江川太郎左衛門、旗本下曾根金三郎らに秋帆の弟子入りを命じた。西洋式砲術を学ぶためだ。

そのことに思い至った影二郎の脳裏に、このところの異国をめぐる動きと激変が走馬灯のように浮かんだ。

幕府を襲った最大の衝撃は、阿片戦争で清国を完敗に追い込んだ英吉利国の次なる狙いが日本であるとの通告であった。それは徳川幕府を震撼させる知らせで、幕閣は上を下への大騒ぎになっていた。

天保十三年夏のことであった。

だが、その兆候は数年前からもたらされていた。

阿片戦争の最初の兆候を伝え聞いた幕府では、その事態の意味が理解できなかったか、鈍い反応を見せた。

三年前の天保十年六月二十四日に長崎へ入津（にゅうしん）した阿蘭陀（オランダ）船籍コルネリア・エン・ヘンリエッタ号は、清朝政府が英吉利人に対し阿片密売の全面禁止を通告したことを『阿蘭陀風説書（オランダふうせつがき）』にして幕府に報告した。

だが、その情報が戦争そのものを伝えたわけではなかったせいか、幕府は情報に込められた重要性に気付かなかった。

さらに翌年六月、阿蘭陀船コルネリア・エン・ニューローデ号は、清国が英吉利国に対し、

「無理非道之事共有之候所（むりひどうのことどもこれありそうろうところ）」

とのことから英吉利国は清国に軍隊を派遣したことを伝えた。

この新しい情報を基に阿蘭陀商館長は幕府に、清国をめぐる英吉利国の動きや考えを含めて九十一項目の『別段風説書』を提出していた。

それでも、幕府はなんら行動を見せようとはしなかった。

高島秋帆は天保十一年九月に『阿蘭陀風説書』と『唐風説書』を下敷きにして、異国の脅威に対して西洋砲術の採用を説く上申書を、長崎奉行田口加賀守喜行（たぐちかがのかみよしゆき）を通じ江戸幕府の老中水野越前守忠邦（みずのえちぜんのかみただくに）に提出した。

水野はこの上申書を目付（めつけ）に下げ渡し、検討させた。

当時、目付の一人であった鳥居耀蔵は清国の陥った危難は近代砲術の技術の差ではないとして、採用中止を進言した。

前述したように相違した考えを統一させるために西洋式の砲術試射が行われたのだ。

高島秋帆が指揮した一隊は、江戸の徳丸ヶ原で西洋式砲術の演練を見事に披露して、その技術力の高さと破壊力に、見学した幕閣大名諸侯は震撼した。

鳥居耀蔵と高島秋帆の因縁の対決がここに始まった。

蘭学嫌いの鳥居耀蔵が激変する外国事情に疎かったのは無理からぬところであった。

異国の情報に一番先に接する長崎奉行戸川安清でさえ清国の危機的状況に思い至らず、清からの交易船が長崎に入津しない支障をただ憂いていただけだった。

これは長崎町年寄でかつ長崎会所調役頭取の高島秋帆とて同じ心配ごとであった。

江戸後期に入ると琉球経由の唐物薩摩口の物品が市場に出回り、長崎物を圧迫していた。天保期に入ると長崎会所は幕府に対して運上金も上納できない事態に陥っていたといわれる。

秋帆の提言する西洋式砲術の導入と装備は高額な武器輸入に他ならず、長崎会所の起死回生の一手でもあったのだ。

徳丸ヶ原の西洋式砲術演習は高島秋帆、長崎会所と幕府の長崎奉行、長崎掛勘定奉行、長崎掛老中水野の思惑が一致する要素を含んでいた。

大砲など武器の輸入は莫大な金子の流れを意味し、長崎会所と長崎掛幕閣の懐を肥やす一面を持っていた。

それでは長崎掛老中の水野忠邦がいつ阿片戦争の帰趨を承知したか。

徳丸ヶ原の演習を準備していた天保十一年十一月に長崎奉行から水野忠邦は「耳打ち」されていた。

この清国敗北の事実は、長崎から大砲を輸入しようと考えていた水野に有利な情報で、水野の海防策に反対する勢力にとっては不利な知らせであった。

それでも水野忠邦はこの情報を秘匿し、漏らしたのは佐渡奉行だった川路聖謨ら数人の側近だといわれる。影二郎の実父常磐秀信もその一人だ。

政治家水野忠邦はこの情報をどう利用すべきか、未だ切迫感はなかった。川路への書状で、

「外国のことではあるが、自国の戒めとしなければならない。浦賀防衛計画は未

だ決まらず、残念だ」

と嘆いているが、清国敗北の真の意味を理解していたとは察しがたい。

だが、幕府の一部にはこの意味に気付いた者もいた。

当時、海外情報の収集分析担当でもあった天文方渋川六蔵は、天保十一年八月の段階で、老中水野に幕政改革意見書を提出していた。その中に、

「近来清国へ英吉利と申候外より交易之儀に付、及戦争申候追々風聞之趣にても清国敗亡も難計、万一敗亡之仕候はば勢に乗じ英吉利が本邦之取掛かりくる可能性」

ありとして警告を発していた。

江戸にあって水野はそれなりに清国をめぐる戦争の可能性を探っていた。江戸町奉行に就任していた鳥居耀蔵の腹心の一人、御小人目付小笠原貢蔵らに別口の情報収集を命じていた。

この水野が最初に、

「不安」

を感じたのは、天保十二年夏に入津するはずの阿蘭陀交易船が姿を見せなかったことだ。

一年後、水野の不安は現実のものとなった。

天保十三年六月十八日と十九日に相次いで二隻の阿蘭陀商船が入津し、新情報をもたらしたのだ。

百五十五項目からなる報告書の第一条に、

「英吉利人、香港島を領候」

と清国領土占領の事実が明記されていた。また、

「兵を備へ、奉行を居置（すえおき）申候」

と英吉利国が清国内に軍隊を駐屯（ちゅうとん）させ、総督を派遣したことも伝えられていた。

さらに英吉利国の次なる目標が、

「此節清国と英吉利国と其騒動は究（きわめ）て日本におよぼし候様成行候哉も難計候」

とあった。

幕府は大きな政策転換を迫られる。

これまでの近海に出没する外国船に関しては追い払うなどの異国船打払令の強行策を改め、薪水の給与を行うように指示することになる。薪、食料、水を与えて穏やかに退去して貰う緩和令の布告には、明らかに清国の敗北が念頭にあった。

この政策転換への動きを影二郎は、つい最近実父の大目付常磐秀信より内々に聞き知らされていた。

(ひょっとしたら英吉利国の軍船が到来したか)

影二郎はそんなことを考えながら、江川太郎左衛門の待つ市兵衛長屋の木戸に戻った。

第一章　朝顔売りの姉弟

一

いくつもの顔を持つ江川太郎左衛門英龍が、寝そべったままのあかの頭を撫(な)でながらなに事か思案していた。

「お待たせいたしました」

影二郎は太郎左衛門を御厩河岸(おんまやがし)近くの一膳飯屋に案内することにした。浅草寺(せんそうじ)門前西仲町(にしなかちょう)の〈十文甘味あらし山〉に案内すれば、祖父の添太郎(そえたろう)と祖母のいくや若菜(わかな)がいて、太郎左衛門を歓待しよう。だが、ひとり太郎左衛門が三好町の裏長屋を訪れたことは、できるかぎり太郎左衛門と影二郎の接触を知られたくないとの考えがあってのことだと、影二郎は推測した。

「江川様、近くの一膳飯屋にお誘いしとうございますが、ご身分に差し支えますか」

「気楽でよい」

二人の会話が分かったようにあかが立ち上がった。一膳飯屋と知って自分も従う気だ。

影二郎は太郎左衛門を御厩河岸之渡しへと向かう人々が往来する通りから一本裏手に入った一膳飯屋へと案内した。

屋号すらない一膳飯屋はめしも出せば酒も供した。

親父の名をとって三蔵の飯屋と呼ばれることもあったが、馴染みには御厩河岸裏の飯屋で知れた。

昼の刻限には少し早いせいか、船頭や馬方たちが丼めしを掻き込む姿はない。

「親父、話がしたいのだが」

豆絞りの手拭いで捻じり鉢巻にした三蔵が影二郎から江川太郎左衛門に視線を移し、身分のある連れと推量した体でうなずいた。

「奥座敷に通るか」

影二郎は三蔵の店に奥座敷があるとは知らなかった。

「そのような隠し座敷があるとは知らなかった、案内してくれ」

「かしこまって候って答えてえねえ、あか、おめえも通ってよいぞ」

と許しを与えた三蔵は、影二郎と太郎左衛門らを狭い台所に招き入れた。そこでは小女が二人、夏烏賊を捌いて下拵えをしていた。

刺身でも食べられそうな新鮮な烏賊だった。

三蔵の弟は佃島の漁師で、江戸湊で上がった魚を毎日運んできたから、活きのよいのが店の自慢だった。

台所を抜けて裏庭に出ると、なんとそこは大川河岸に接しており、流れが見えた。

その流れの上に幅一間（約一・八メートル）、奥行き一間半（約二・七メートル）の床座敷が作られていた。陽射しを避けられるよう壁にも天井にも葦簀がかけられ、軒下で風鈴が風に鳴っていた。

「これはよい、知らなかった」

「夏目の旦那、最近作ったのよ。南町の奉行になった妖怪があれも駄目これも駄目と吐かすからよ、一膳飯屋の意地を見せて手作りしたんだ。うちの奥座敷、どうだえ」

と三蔵が自慢げに笑った。

「昼間は表で丼めしを掻き込む連中ばかりだ、ここには客は通さねえ。話をしようと酒を呑もうと昼寝をしようと、好きなようにしなせえ」

「酒と肴を見繕ってくれぬか」

と頼む影二郎に太郎左衛門が、

「女衆が仕度をしておった夏烏賊を食したい」

と言った。

「親父、伊豆の韮山代官には夏烏賊を、あかにもなんぞ食わせてくれぬか」

「どうりで貫禄があると思ったぜ。韮山代官の江川様かえ、承知したぜ」

と三蔵が台所に姿を消した。

二人は流れが見えるようにこれも手作りの卓に向き合って座り、あかは河岸の一角に居場所を見つけて体を丸めた。

「これは涼しくてよい」

と太郎左衛門が床板の間から透けて見える水面を見た。

三蔵の床座敷は大半が水の上に張り出していたのだ。

小女が酒と瓜の浅漬けをまず運んできた。井戸水で冷やした酒だった。

「江川様、まずお一つ」

「頂戴しよう」

二人は久闊を叙して酒を酌み交わした。

「お忍びで江川様がこの影二郎を訪ねられるとは、よくせきのことがございましたか」

太郎左衛門は影二郎の出自をすべて承知していた。

「七代目團十郎が江戸を追放された」

と太郎左衛門は呟くようにいった。

水野忠邦が推し進める豪奢贅沢禁止令に逆らったとして江戸十里四方所払いであった。

「七代目がいなくなった歌舞伎界はつまらなくなった」

影二郎は太郎左衛門が本論に入る前にどう話を進めたものかと思案して、團十郎江戸追放話を持ち出したと思っていた。

「影二郎どの、近頃生きておることが嫌になることがある。韮山に引き籠もりたいとも思うが、大砲やら鉄砲造りをしておるで、あの地も落ち着かぬ」

「世の中が騒然としてきた折りにございます。異国の事情に通暁なされた江川様はますます忙しくなろうかと思います」

「ちと長生きし過ぎたようだ」

と太郎左衛門が言ったとき、三蔵が皿に夏烏賊と鰈の刺身を盛り付けて運んできた。

「これは涼しげな」

「代官様は駿河の海で上がる魚に馴染んでおられましょうがな、江戸前も悪くねえ」

と三蔵が自慢して卓に置いた。

二人はしばし酒を酌み交わし、三蔵手作りの刺身を口にした。

「またぞろ鳥居耀蔵南町奉行が水野忠邦様に献策なされた。いや、献策と言うより告げ口、讒訴の類じゃ」

「こたび、狙われた相手はだれですか」

「高島秋帆どのじゃ」

「いよいよ秋帆様に狙いを付けましたか」

なんとなく先ほどの勘が当たったかと影二郎は考えていた。

いや、実父常磐秀信はこのようなことを想定して、過日影二郎に日本を取り巻く外国事情を告げたのではないか。そう考えたほうが腑に落ちた。

「わが師が睨まれた」

蘭学嫌いの鳥居耀蔵は、西洋式砲術を導入して異国からの脅威に備えようと実戦演習を主張する高島秋帆を毛嫌いしていた。

太郎左衛門は徳丸ヶ原の砲術演習の後、幕府から秋帆に従い西洋式の大砲技術全般を学ぶことを命じられていた。つまりは秋帆の弟子である。

「秋帆様は、ただ今江戸におられますか。それとも長崎に」

と影二郎はまずそのことを確かめた。

秋帆は長崎町年寄にして長崎会所調役頭取でもあった。

「江戸におられる」

そのことを知った上で影二郎は、

「鳥居はなにを仕掛けようとしておるのでございますな」

「阿蘭陀人デヒレニューへについて西洋砲術を学んだ高島先生が第一人者であることは間違いないところだ。異国の脅威に対して高島先生のお知恵を拝借して、一日も早く海岸線の防を固める要がある。これは徳丸ヶ原の砲術演習のその日から幕閣が暗黙のうちに了解していることだ。いくら南町の鳥居耀蔵様でも逆らえぬ」

　五十年にわたる十一代将軍家斉の大御所政治が天保十二年に終焉した後、老中水野忠邦は、大御所政治を払拭する天保の改革を断行しようとしていた。

　その改革を推進する水野の元には蘭学嫌いの鳥居から穏健派の大目付常磐秀信までと多彩な人材が集められ、この呉越同舟の乗り合い船の舵を握っているのが南町奉行に就任した鳥居耀蔵だった。

「妖怪といわれる鳥居様とて、豪腕ぶりを発揮して砲術家の高島秋帆先生を縛につけることは難しい。そこで鳥居様、知恵を絞られておられるそうな。わが手の者が調べたところによると、長崎町年寄、長崎会所調役頭取の高島先生になんらかの嫌疑を負わせ、捕縛するとの情報を得たのだ」

「妖怪もあれこれと考えますな」

「あるいは暗殺も視野に入れておると考えたほうがよい」

　と太郎左衛門が苦笑いした。

「江川様、それがしがなんぞ役に立ちますか」

「南町奉行に就任なされた鳥居様は江戸を離れられぬ。高島先生が鳥居様の脅威を避けるためには、長崎にお戻りになるのが一番宜しかろう。だが、高島先生には、われらに西洋式砲術を指南する仕事が残っておる。影二郎どの、近々、伊豆で高島秋帆先生が長崎から持参なされ徳丸ヶ原で使ったカノン砲四門の実戦試射が行われる。それが成功裡に終わるまでは長崎には戻られぬのだ」

「高島秋帆先生の身をこの夏目影二郎に守れと申されますか」

「影二郎どの、そういうことだ」

「承知いたしました」

影二郎は言下に応じた。

「よろしいか、安心いたした」

太郎左衛門がほっと安堵の表情を見せた。

「高島先生は居場所を鳥居様に悟られぬようにあちらこちらと住まいを転々としておられる。だが、伊豆行きは幕閣に報告せねばならぬゆえ、当然鳥居様の耳にも届く。そこで伊豆行きを秘して長崎に戻ると幕閣には知らせる」

「同道いたせばよろしいのでございますか」

「同道するか別行となるか、江戸を離れる前に一度秋帆先生と影二郎どのが会う機会を作る」

影二郎はうなずいた。

「江川様、清国が英吉利国に塞がれたというのは真実にございますか」

「ほう、さすがに影二郎どの、早耳よのう。もっともそなたの父上は大目付の要職にあられる。承知していても不思議はないが」

と答えた太郎左衛門は、

「清国は国土広大にして領民大勢と聞く。さすがの英吉利国も清国全土を塞ぐ軍は派遣できまい。だが、香港島と称する海岸線の地点を塞いだようだ」

「英吉利なる国はなにを考えて清国の一部を塞いだのでございましょうか」

「清国を属国にするには大軍を送り込まねばなるまい。だが、海岸線の重要港を支配できれば交易を独占的に支配できる。まず英吉利国はそのことを考えておるのではあるまいか」

「英吉利国は清国海岸部を塞いだことで満足しておるのですか」

父の常磐秀信の話を確かめるために影二郎は太郎左衛門に問うていた。

「ただ今幕閣を大きく揺り動かす情報がもたらされたばかりと聞く。どうやらそなたも承知のようだな」

と太郎左衛門が影二郎を見た。

影二郎は答えない、いや、答えられない。秀信から聞き知ったことは幕府の極秘事項であるからだ。

「英吉利国の次なる狙いがわが国土であることは周知のことだ。あらゆる情報がそのことを裏付けておる」

「やはり」

「このところ、長崎に阿蘭陀と清国からの交易船が予定どおりに到着せぬことが多い。すべて英吉利国の砲艦が邪魔するゆえだ」

と太郎左衛門が言い切った。

「今年長崎に二年ぶりに入津した阿蘭陀船が風説書を提出して、清国の敗北も英吉利国の次なる行動も正式にもたらされた。そこで幕府では英吉利軍船が日本近海に現われたことを想定して、これまでの異国船打払令を取り下げられた」

「異国の船が港に接近した際は、食べ物、水、薪炭を与えて立ち去ってもらう策で応じると聞きました」

「そのようなことで効果があるかどうか」

太郎左衛門が首を捻(ひね)った。現在、幕府で討議されているという天保の薪水給与令は、仁政(じんせい)により文化(ぶんか)三年（一八〇六）の異国船取り扱い方針に戻されたものであった。この令は、

一、穏便に立ち去らせる。
二、必要とするものを与える。
三、諭しても退去せぬときは打ち払う。

ことを原則にすることとして作られようとしていた。

「影二郎どの、異国の漁船が難破してわが近海に漂着したのではない。相手は明らかな企てを持って来航したのだ、それも軍備を擁してな。こちらの勧告に黙って従うとも思えぬ」

近代化の波に晒される亜細亜諸国にあって、老中水野忠邦らが決定しようとしている策は全くの無能無策といえた。

「影二郎どの、過日、西国筋の十四か国の軍役大名が御城に集められ、この討議中の薪水給与令とともに海岸線防御の強化を指示されたが、混乱を極めるばかりでなんら有効な策は打たれていなかった。知識も技術も金子もないのだからいたし方ないところよ」

「なんということで」

「軍役大名十四か国のうち、平常時ではあったが、旧式な大砲すら海岸線に常備されていた藩はどこもない。さらには守るべき海岸線の詳細な地図もなければ、海岸線に割く人員すら決まっていない。それが実情にござる」

返す言葉が影二郎にはなかった。

「影二郎どの、そなたは清国が英吉利国に敗北した阿片戦争の結末を承知だ。だが、この十四か国の軍役大名にすら、阿片戦争の結果と英吉利国の新たな野望は知らされてない。それゆえ海岸線防備がなぜ、いかに急務か、知らされなくてどこの大名が本気になるものか」

太郎左衛門の口調は静かだったが、それには諦めにも似た怒りが込められていた。

「考えてもみられよ。わが領土に危機が迫っており、その防備には高島秋帆先生の知恵と知識を借りねばならないことは徳丸ヶ原で十分に得心されたはずだ。だが、高島秋帆先生が長崎町年寄という理由で信頼いたさず、わずか一年前に弟子入りしたそれがしに、諸大名の砲術指南を命じられる。英吉利国など造船操船、砲術など列強各国との彼我の差は一年の付け焼き刃で埋められるものではない。だれが考えても分かることだ」

「いかにも」

「それを、この期に及んで高島秋帆先生を獄舎に繋ごうとは一体どういうことでござろうか」

「高島秋帆先生を失うことは、わが国の守りが疎かになるということですね」

「疎かどころではない。西洋式砲術と称される技術をなんとか会得されているのは高島秋帆先生だけなのだ。影二郎どの、なんとしても鳥居一派の手から高島先生を守って頂きたい」

江川太郎左衛門英龍が一人、市兵衛長屋を訪れた理由だった。

影二郎は静かにうなずいた。

「影二郎どの、高島秋帆先生の門下生で幕臣下曾根金三郎信敦と申される方がおられる。伊豆行きの折りなど影二郎どのとの連絡は、下曾根どのに願うことになろうかと思う」

「承知しました」

大川の水面にきらきらと反射するきらめきが黄金色に染まった頃合、三蔵の店の会合は終わった。

江川太郎左衛門は御厩河岸之渡しに待つ猪牙舟に乗り、本所の屋敷へと戻っていった。

御厩河岸に残った影二郎はしばし思案した。刺すような視線を感じていた。おそらく太郎左衛門に付いてきた尾行が御厩河岸に残ったのだろう。

影二郎は、猪牙舟に太郎左衛門を見送ったとき、四方山話を続け、船着場に残った最後の一艘に乗せたのだ。尾行しようにも猪牙舟がなかった。

あかがその様子を眺め上げていた。

「よし」

と呟いた影二郎が一文字笠を頭に被り、方向を定めた。あかが供をするように従った。

浅草御蔵前通りに出た主従は南に歩をとった。浅草橋を渡り、神田川右岸沿いに少し上がった柳原土手に関八州郡代屋敷跡、いまは馬喰町御用屋敷と改称された屋敷があった。この界隈の人はただ、

「郡代屋敷」

と以前の名で呼び習わしたが、この敷地に大目付常磐秀信の密偵を務める菱沼喜十郎、おこま親子の住まいする長屋があった。

御用屋敷の門番に、

「菱沼喜十郎の長屋に罷り通る」

と言い捨てると若い門番が犬を連れた着流しの浪人を制止しかけたが、

「潮三郎、あのお方はよいのだ」

と老練な門番が止めた。これまで何度か菱沼の長屋を訪ねたことを承知していたからだ。

長屋には親子がいた。

「御用なればお呼びになれば参りましたものを」

と夕餉の仕度をしていたらしいおこまが、水で濡れた手を手拭いで拭きながら言い、

「父の相手をして下さいな」

と頼んだ。

「酒は早呑んでおる。だが、ちとそなた方に相談がある」

「まあ、そう仰いますな、相手が代われば味も変わります」

あかを玄関先に待たせ、影二郎は座敷に上がった。

喜十郎の酒の相手をしながら、影二郎は用件を告げた。だが、清国を取り巻く情勢と日本の危難を話したわけではない。ただ、南町奉行の鳥居耀蔵の新たな狙

いが、

「高島秋帆」

であることを伝え、鳥居と高島の動静に気を配ってほしいと頼んだのだ。

菱沼親子は大目付常磐秀信の密偵だが、これまで影二郎と多くの影仕事を務めてきた仲、阿吽の呼吸でそれが常磐秀信の、

「ひそかな願い」

と一致することを理解していた。

「承知しました」

影二郎とあかは半刻（一時間）ほど御用屋敷の長屋にいて、辞去した。

二

次に影二郎とあかが訪れたのは、浅草西仲町の〈十文甘味あらし山〉だ。

江戸の町にはまだ梅雨の名残が満ち満ちていた。昼間の炎暑が漂い残るせいで甘味処は涼を求める若い客で溢れていた。

料理茶屋〈嵐山〉が幕府の奢侈令に触れるというので、

「停止」

の沙汰が下された。

添太郎、いく、若菜の三人と奉公人の板頭の弘三郎、女中のおやえらが知恵を絞り合い、一品十文で食べられる甘味に活路を見出そうとした。

その策がぴたりと当たり、〈あらし山〉には連日客足が絶えなかった。最初、土地の女衆が、

「〈嵐山〉が甘味屋に模様替えしたって、行ってみようよ」

と連れ立って顔を出し、

「この蕎麦餅、香ばしくて美味しいよ」

「冷やした緑茶がなんとも喉ごしがいいよ」

「鰯のつみれ汁だって上品な味さ」

「なにしろ料理人が腕を振るっているんだからね。出汁だって手を抜いてないよ」

と評判になり、それが噂で浅草寺に参詣にきた客に伝わり、近頃では季節の味に合う酒を出すようになって男客も戻ってきた。

〈あらし山〉では口入屋を通して新たな奉公人を雇い、小女には夏らしい白地の

縞木綿に赤襷の恰好をさせて客の接待に当たらせたから、ますます人気を呼んでいた。

〈あらし山〉の表を仕切るのは、影二郎の想い女の若菜だ。

「あら、こんな刻限にめずらしゅうございますな」

と若菜が目敏く影二郎とあかの姿を認めて言葉をかけてきた。

「今宵も盛況だな」

「お酒を一人に限り二合までお出しするようになったので、客に男衆が増えまして、応対が間に合わないくらいです」

と若菜が言い、

「すぐに暖簾を仕舞うわけにも参りません。仕舞い風呂ですが湯屋で汗を流してこられませぬか」

若菜は武家の出だ。影二郎相手には未だその言葉遣いを保っていた。

「湯屋か、よいな」

若菜は影二郎から一文字笠を受け取り、代わりに着替えの下帯に手拭い、湯銭を渡した。

影二郎は、あかを〈あらし山〉に残し、西仲町の門前湯に向かった。先ほどまで感じていた監視の目は消えていた。

影二郎は大身旗本常磐豊後守秀信と料理茶屋〈嵐山〉の一人娘のみつとの間に生まれた。妾腹の子ゆえ常磐家を慮り、秀信の実家の姓の夏目を継いで瑛二郎と名付けられた。秀信は常磐家の婿養子だったのだ。

瑛二郎が影二郎と改名した遠因は、実母のみつの死去だ。

瑛二郎は旗本三千二百石の常磐家に引き取られ、常磐家の家付きの鈴女を義母として異母兄らと暮らすことになった。だが、家付きの鈴女が婿である秀信が外で生ませた子、瑛二郎を素直に受け入れるわけもなく、異母兄とも折り合い悪く、すぐに常磐家から飛び出し、西仲町の〈嵐山〉の添太郎といくの元へ戻った。

その折り、瑛二郎を影二郎と自ら改名した。

影二郎は幼い頃から武士の子として育てられ、剣はあさり河岸の鏡新明智流桃井春蔵道場で学んだ。この剣術の稽古は常磐家に行かされたあとも続け、十八歳の時には、

「位の桃井に鬼がいる……」

と恐れられる腕前になっていた。

実母のみつを失い、養子先の父の姿に幻滅を感じた影二郎は無頼の道を突っ走

る。

遊ぶ金は添太郎がくれた。気風がよくて金離れがいい、その上、腕っ節が強いとなれば忽ち浅草界隈で、

「夏目の兄貴」

「あさり河岸の若鬼」

などと呼ばれて、一端の兄貴分にのし上がった。

一方、影二郎は御免色里の小見世女郎の萌と二世を誓う仲だった。

この萌の美貌に目をつけた男がいた。十手持ちと香具師の元締めの二足の草鞋を履く聖天の仏七が萌を言葉巧みに騙して身請けした。

萌は身請けした真の相手が影二郎ではなく、仏七と承知したとき、自ら喉を突いて自裁した。

それを知った影二郎は賭場帰りの仏七を襲い、萌の仇を討って小伝馬町の牢に繋がれる身になった。

そんな折り、無役だった常磐秀信に大役が下った。

勘定奉行公事方である。

この職掌、関東取締出役、俗に言う八州廻りを監督する役も負っていた。

当時、関八州の治安は乱れに乱れ、田畑を捨てた百姓が渡世人として街道を流れ歩き、それを取り締まるべき八州廻りも腐敗していた。

秀信は影二郎が小伝馬町に繋がれていることを知ると、大胆な手を打った。流人船を待つ身の影二郎を牢の外に出し、腐敗した八州廻り火野初蔵ら六人を始末させたのだ。

父は伜を使い、

「毒を以て毒を制する」

ことを遂行した。

鮮やかな夏目影二郎の手並みと、意外にも大胆な行動に出た常磐秀信の父子に目を付けたのが老中水野忠邦だ。忠邦は天保の改革を成功させるための隠し玉にこの父子を使うことを考えた。

今や水野の懐刀の一人が常磐秀信であり、影御用を務めるのが影二郎だった。

「おや、あさり河岸の鬼が珍しいやねえ」

と門前湯の亭主の紋蔵が番台から声を掛けてきた。

「〈あらし山〉は商売の最中でな、おる場所もない。湯屋に追い立てられたってやつだ」

「暑いからね、湯がなによりだよ」

と答えた紋蔵が湯銭を受け取りながら、

「添太郎さんは大胆なことをなされたよ。料理茶屋に停止が下ったら、十文甘味を始められてお上(かみ)の鼻を明かされた。こいつはね、なかなかできるこっちゃねえ、荒業だ」

と紋蔵が褒めると、着替え中の畳屋の隠居が話に加わった。

「門前湯、あれはな、添太郎さんの知恵じゃねえ。若い女将(おかみ)さんの考えがぴたりと嵌(は)まったんだ。武家の出というが町人の娘以上に気は遣う、愛想はいい、上品だ。それになんでも十文という値がいいじゃねえか。うちの孫なんぞも毎日通っているぜ」

「影二郎さんよ、若菜様をいつまで放っておく気かえ。横手から鳶(とんび)が掻(か)っ攫(さら)っていくぜ」

「なにっ、あさり河岸の鬼と若菜様はそんな仲か」

「隠居、なにを呆(とぼ)けていなさる。そうじゃなきゃあ、添太郎さん、いくさんがあのように大事法事にするものか」

「そいつは気が付かなかったよ」

と話にきりはない。それだけ浅草寺門前町界隈で料理茶屋〈嵐山〉の甘味処転向は話題を集めていた。

影二郎は先反佐常と脇差を紋蔵に預け、衣服を脱いだ。

「聞いたか、紋蔵さんや。お上では畳替えまで口を出すそうだぜ」

「隠居、畳替えを取り締まるとはどういうこった」

「なんでも噂だと、畳替えは五年はしちゃならねえとか、上物の畳表や縁は禁止とか細かいことを考えてなさるそうな」

「世も末だねえ。畳屋みてえな商いにまで口を突っ込むとなるとその内よ、湯屋は三日に一度なんてお触れが出るぜ」

「そういうこった」

影二郎は洗い場に入った。

洗い場に薄暗い行灯の明かりが点って灯心がじりじりと鳴っていた。

湯を被り、石榴口を潜った。

石榴口に遮られた湯船はさらに暗かった。柱に掲げられた行灯の明かりも湯船にはかすかにしか届いていない。

刻限が刻限だ、客の姿は湯船に一つ頭が浮かんでいるだけだ。

影二郎は先客から離れた湯船の縁から仕舞い湯に身をつけた。

朝湯と仕舞い湯、二度も贅沢したかと影二郎が思ったとき、聞き覚えのある、

「南蛮の旦那、堅固でなによりだ」

と野太い声がいい、顔が向けられた。

八州廻りに厳しく追い立てられる国定忠治の髭面が湯の上に浮かんでいた。

「おまえと会うときはいつも湯だ」

「最後は草津の湯だったかねえ」

とのんびりとした声で答えた。

天保の飢饉を背景に関八州で活動を始めた国定忠治と一家は、希望のない庶民の不満を代弁する義賊として名を売った。だが、天保七年、碓氷峠の裏関所の大戸関所を手下三十余人と鉄砲を持って破ったことで幕府を敵に回し、八州廻りの厳しい追跡を受けることになったのだ。

「宿敵玉村の主馬を殺ったか、忠治」

「子分の山王の民五郎をなぶり殺しの目に遭わされたんだ。そいつを許したとあっちゃあ、関八州で渡世人面をして生きていけるものか」

まん丸の髭面には深い皺が刻まれ、陽に灼けて黒ずんだ染みが見えた。

「それにしても江戸にひとりで潜入するとはいい度胸だな、忠治」

「南蛮の旦那の面が拝みたくなったのよ」

と忠治が笑った。

「珍しいことを言うな、なんぞ弱気心が生じたか」

「逃げるのも厭がきた。とはいえ、獄門台に上がるのも面倒だ」

「忠治、用件を言え」

「手を貸してくれるというか」

本気とも冗談ともつかぬ口調で忠治が言う。

「なにをいたせばよい」

「旦那は御用屋敷に自由に出入りができるな」

「ようも承知じゃな。もっとも、関東取締出役の追捕を尻目に関八州を逃げ回るおまえのことだ。おれがどこと繋がりを持っているかくらい調べるのは朝飯前であろう」

と苦笑いした影二郎は、

「なにが知りたい」

「近頃は八州廻りの追跡がえらく厳しい」

「八州廻りと繋がりを持つ玉村の主馬を殺したのだ、いたし方あるまい」

「そう言われれば返答のしようもないがな、南蛮の旦那、上州筋はおれの縄張りだ。ここぞと思うときに逃げ込む隠れ家を、いくつか残してある。むろん八州廻りなんぞが知るはずもねえ塒だ。だがな、最近、おれが立ち寄りもしねえのに次々に暴かれる」

「そいつは困ったな」

「困った」

「なんぞ心当たりがあるか」

忠治は両手に仕舞い湯を掬い、陽に灼けた顔を洗った。

「おれの子分浅次郎の伯父で小斎の勘助という者がいる。小斎は八寸村の字だ。勘助伯父がどうも八州廻りにおれの動きを伝えている節がある」

「浅次郎の伯父御が忠治を裏切ったか」

「そいつが今一つはっきりしねえ。そこで江戸の御用屋敷を探ろうかと出てきたのよ」

「勘助がおまえを裏切り、関東取締出役に寝返ったとしたら、相手はだれか」

「中山誠一郎の旦那あたりと推量をつけておる」

「一番不味(まず)い相手じゃな」

数年前、腐敗した八州廻り六人を始末したのは夏目影二郎だ。

その後、新たに任命された八州廻りの一人が中山誠一郎だ。中山は幕臣で国定村の代官を勤めたこともある羽倉外記(はくらげき)の手代であった。

この羽倉、代官時代の手腕が認められ、天保飢饉、異国船防衛に奔走する水野忠邦に江戸に呼び戻されて納戸頭(なんどがしら)に抜擢された。

それが天保十三年の正月のことだった。先のことになるが、この羽倉外記、十二月には勘定吟味役に昇進し、川路聖謨(かわじとしあきら)、江川英龍とともに、

「幕臣三羽烏(がらす)」

と呼ばれる地位に上がり、天保の改革の一翼を担う人物となる。

その部下だったのが中山誠一郎だ。

影二郎とも忠治ともすでに関わりがあった。

「そう、中山の旦那と勘助が組むとなると厄介極まりねえ」

「勘助が中山の道案内かどうか調べればよいのか」

「できるか」

「やってみよう」

と影二郎は答えた。

しばらく湯の中に沈黙が続いた。

「おれにも忠治に頼みがある」

「二つ返事と思うたが、そうは問屋が卸さないか」

「おまえに関わりがないことはない。鳥居耀蔵が南町奉行に就いたのは承知じゃな」

「そいつを知らないで江戸に入ってこられるものか」

「こやつの弱みをなんでもいい、探してこい」

「そいつは大変な話だぜ」

と答えた忠治の顔が綻んでいた。

「南蛮の旦那と会うとよ、心が晴れる。なぜかねえ」

「おれもおまえも日陰を歩く変わり者だ」

忠治が湯船から立ち上がった。丸い体から湯が流れ落ち、片手に抜き身が提げられていた。

「旦那の長屋に蝮の幸助を連絡に行かせる」

「二、三日待て」

「承知したぜ」

ざぶっ

と湯を揺らして忠治が湯船から出た。

「気をつけよ」

石榴口を潜る忠治から返答は返ってこなかった。

間をおいて湯から上がった影二郎が脱衣場を見ると紋蔵と三助が片付けを行っていた。

「旦那、長湯だったねえ」

「最前、湯から出た客は戻ったか」

「畳屋の隠居が影二郎さんの前の客だぜ」

影二郎は神出鬼没の忠治が門前湯のどこから入り、どこから出ていったか、見回したが推測もつかなかった。

「暑さのせいか、幻を見たようだ」

「しっかりしてくんな、あさり河岸の鬼も耄碌したと言われるぜ」

「全くだ」

この日、二度目の湯から上がった影二郎はようやく夕風が吹き始めた表に出た。

視線を感じた。

その瞬間、影二郎の足は〈あらし山〉とは反対方向、清水稲荷大明神の参道に抜ける路地へと向けられていた。

参道は浅草三間町と八軒町の間に東から西へと延びていた。

虫の声が響く路地を抜けると常夜灯の点る参道に出た。

人影はない。

影二郎は大川の河岸へと曲がった。すると監視の目が包囲を縮めたのが分かった。

「出て来ぬか」

影二郎が呼びかけた。

沈黙の中にざわめきが走り、思わぬ方向から一つの影が忍び出た。

黒の着流し姿で腰に一本だけ剣を落とし差しにしていた。

「そなた、なに者か」

沈黙のままに間合いを詰めてきた。

「見覚えがないところを見るとだれぞに頼まれたか。おれの命がいくらか知らぬが、そなたも命を粗末にするでない」

影二郎は話し続けた。

その間にも相手は間合いを縮めて、すでに三間ほどに接近していた。静かな妖気を漂わす剣客だ。

影二郎は闇に潜む数人の気配を意識していた。

「南町あたりに頼まれたか」

闇は動じない。

「関東取締出役ということはあるまい」

それでも包囲の輪は動かない。

「そなたの名を聞いておこう。始末するにも名がないでは困るでな」

無言の相手がさらに一間半、いや、二間ほど影二郎に詰め寄り、剣を抜き、頭上に垂直に立てた。

影二郎は先反佐常の柄を腹前に寝かせ、鯉口だけを切った。

相手の剣がゆるゆると影二郎に向かって下りてきた。

切っ先が影二郎の胸を水平に、
ぴたり
と狙った。

腰が沈み、相手の剣の切っ先が引かれた。

次の瞬間、無音の気合を虚空(こくう)に発すると黒い影が走った。

影二郎も踏み込んだ。

先反佐常が抜き打たれ、白い光に変じて弧を描いた。

突きの剣を佐常が弾(はじ)き、二人の体勢がくるりと入れ替わり、互いに二撃目を出し合った。

相手は弾かれた剣を横手に流すと虚空に振り上げ、影二郎の肩を袈裟(けさ)に襲った。

影二郎はその姿勢のままに相手に体当たりをかましていた。

予期せぬ攻撃に相手の腰がよろめいた。

先反佐常が虚空に躍って反対に袈裟懸けに斬り下ろした。

「うっ」

と呻(うめ)いた相手がその場に踏み止(とど)まろうとしたが、腰から力が一気に抜けて参道に転がった。

法城寺佐常の刃の血が振り落とされた。

その間に包囲の輪は消えていた。

三

〈あらし山〉に戻ってみると、すでに暖簾は仕舞われ明かりは落とされて、客の姿はなかった。

あかが広い土間を占領して丼に顔を突っ込んでえさを食べていたが、影二郎の帰りに気付いて甘えたように吠えた。すると若菜が奥から飛ぶように出てきた。

「長い湯でしたね」

「湯のあと、ふらふらと足の向くままに散策していたでな」

とだけ影二郎は答えた。

〈あらし山〉の内玄関から居間に通るとすでに膳の仕度ができていて、いくを相手に添太郎が晩酌を始めていた。

「影二郎、遅いではないか」

文句を付けた添太郎の目がなにかを言いたそうにきらきらと輝いていた。

「今日も客が多かった」

「おじじ様、売り上げも上がっております」

と若菜が応じた。

「そうであろう。この暑さでは客は日向に出ていきたくはない。うちは緑が多いし、小さいながら泉水もある。木陰で風が通り、水音が響く庭で蕎麦餅を食し、冷たい茶を喫してみよ、だれもが長居する。となると、ついつい別の注文もしたくなる。なにしろこちらは一品十文ですからな」

と添太郎が胸を張った。

「近頃では勘定の折り、釣銭を受け取らないお客様が大勢ございます。十文では利も薄かろうと同情なさってのことです。それが一日貯まると馬鹿になりません、心付けを合わせると二両ほどになることもございます」

大勢が詰め掛ける〈あらし山〉ならではのことだ。

「影二郎、さすがに十文商いでは、緊縮財政だ、豪奢はならぬ贅沢はご法度と仰る水野忠邦様でも、注文の付けようはあるまい」

添太郎の小鼻が得意そうにひくひくと動いた。

「先ほどから、じじ様はなんぞ言いたそうじゃな」

「気付いたか、影二郎」

「若菜も興奮しておるようだ」

と影二郎は三人の家族を見回したが、いくの顔だけに不安が漂っていた。

「はて、なにが」

「見当もつかぬか」

添太郎が手にしていた盃(さかずき)の酒を呑み干し、空(から)になった酒器を影二郎に渡し、若菜が心得て酒を注(つ)いだ。

「焦(じ)らされているような」

影二郎は注がれた酒をくいっと呑んだ。

昼間呑んだ酒はすでに醒(さ)めていた。湯に浸(つ)かり、ひと暴れさせられた影二郎には格別に美味しかった。

「美味(うま)いな」

「これ以上の美酒はないぞ」

と言葉を重ねた添太郎が、

「影二郎、そなたが来たことをじじは知らなかったがな、若菜に湯屋に行ったと聞いた頃合のことだ。〈あらし山〉の表が急に賑(にぎ)やかになってな、行列が止まった様子があった。常磐の殿様なら客が少ないときか、お忍びで供を減らしての訪問だ。はておかしやな、と若菜と一緒に表に出るとさ、なんと南町奉行鳥居耀蔵様が町廻りの途中にお立ち寄りになったのだ」

「なにっ、妖怪が」

影二郎の体に寒気が走った。

「影二郎、世間では妖怪などと言うが、鳥居様はにこにこと笑みを浮かべられたお顔でな、〈あらし山〉は料理茶屋から十文でなんでも食すことのできる甘味処に模様替えしたそうな。幕府の方針を率先して実践するは、さすが大目付常磐秀信様と縁のお店かな。鳥居にも名物を賞味させてくれと仰ってな。内与力ら数人を連れて店に入られ、若菜が慌てて座を用意すると蕎麦餅やら緑茶、それに鰯のつみれ汁まで注文なされて、美味い美味いの連発だ。驚いたのなんのって」

と添太郎が報告する。

「確かに驚き桃の木山椒の木、明日は西からお天道様が上がりそうだ」

「影二郎、北町奉行の遠山様は江戸の人気者だ。さすがに南町の鳥居様もこれではいかんと八百八町の巡察を行い、下々の暮らしを見て回られてさ、わっしらと直に話し合われようと考え直されたのではないかな。いや、気さくな妖怪様ではないか」

「お代は要りませんと申し上げたにも拘わらず、十文の茶代を払わねでは町奉行が務まらぬと一分を置いていかれました。お釣りがございますと申し上げたのですが、これで釣りを受け取ったら野暮奉行と評判になるとさらに答えられ、時折り寄せてもらうと言い残されて、満足そうなお顔で立ち去られました」

と若菜も言い添えた。

「驚いたぞ」

と影二郎も驚きの言葉を重ねた。

「影二郎、あたしゃ、どうも居心地が悪くてさ、じじ様や若菜ほど南のお奉行様の訪問を喜べないのさ。いろいろと悪評判の高い御仁だ。なんぞ魂胆があってのことではないかねえ」

といくは不安な気持ちを訴えた。

「ばば様、南町奉行様がいくら注文を付けよう、揚げ足を取ろうと考えて〈あらし山〉を訪ねたにせよ、十文で商いをしているのは一目で分かることだ。さすがに妖怪も文句の付けようもないとは思うがな。まずその心配はありますまい」

と年寄りをこれ以上不安にさせないように影二郎は言った。だが、心からそう思ったわけではない。

昼下がり、江川代官が一人市兵衛長屋を訪ねてきて、影二郎と酒を酌み交わしたことを南町が知らぬはずはない。湯屋の帰り、清水稲荷の参道で襲われたことがそのことを裏付けているように思えた。

さらに門前湯では国定忠治に会っていた。さすがにこちらの一件は南町の探索方もつかんではいないと思われた。だが、知恵者の妖怪鳥居のことだ、油断はできなかった。

町奉行の職掌は関八州に及ぶことはない。だが、これまでの忠治との経緯からいって、鳥居耀蔵が江戸潜入を知って見逃すとも思えない。となれば、どのような手を使っても忠治を追い詰めるはずだ。

「まあ、鳥居様もこの暑さにあたって気紛れを起こしたというところでしょうかな」

と答えながらも影二郎は、

（ひょっとしたら）

と思い付いたことがあった。

常磐秀信が〈あらし山〉に立ち寄ったのはつい数日前のことだ。

影二郎はその席に呼ばれた。

その折り、秀信は日本国を取り巻く外国船の動きや清国が英吉利国との阿片戦争に敗北した経緯などを克明に告げたのだ。

鳥居耀蔵の狙いはこちらに関わることか。

鳥居と常磐秀信は、同じく老中水野忠邦の信頼する直属の配下であった。

天保の改革を成功させようという水野にはどちらも欠かせぬ人材であるはずだ。

だが、国難に見舞われる日本をどう防衛するかという重大な考え一つとっても、鳥居と秀信では全く正反対、水と油であった。

蘭学嫌いの鳥居は家康以来の鎖国策を強固に遵守しようとしていた。だが、秀信はもはや鎖国策でこの国土を守りきれぬと考え、西洋式の砲術などを早急に学び、海岸線に防衛線を敷いた上で順次港を開く開国主義の立場をとっていた。

守旧派の鳥居にとって秀信の考えは許しがたいはずだ。

(こちらが狙いかのう)

と脳裏に浮かんだがそれを口にすることはなかった。ということは、秀信が影二郎に打ち明けた話は御用に関わることであったのだ。

祝言を挙げたわけではないが、若菜はすでに影二郎の、

「嫁」

として添太郎といくに認知され、周囲もそれを承知していた。今や〈あらし山〉は若菜がいなくては夜も日も明けなかった。

この家族四人で、水入らずの夕餉をとった。食べ終わった頃合、若菜が不安な顔をした。

「影二郎様、三好町にお帰りですか」

そのことを案じたのだ。

「酒を頂いたら面倒になった。今晩はこちらに泊まろう」

と答えた影二郎に添太郎が、

「影二郎、下谷の御徒町通りの御家人衆が近頃変わった色合いの朝顔を作り出したというぞ。朝早くから町内を一回りした朝顔売りたちが御徒町の通りに売れ残った朝顔を並べて売る市が大層評判を呼んでおるそうな」

「そういえば、じじ様、町で朝顔の鉢を抱えて歩く客を見かけましたぞ」

「うちのお客様にも朝顔をお持ちの方がおられました」

「影二郎、明日にも朝顔の鉢をいくつか買ってきてくれぬか。店のあちこちに飾りたいでな、若菜を伴え」

添太郎が気を利かせたように言った。

「ならば若菜、明日の朝にも下谷御徒町を訪ねてみぬか」

「影二郎、それがよい。若菜は働くばかりで気を抜く暇もないからな」

と半分眠りそうな顔で添太郎が言い、いくが、

「じじ様、寝るんなら床で寝てくださいよ」

と毎晩繰り返される言葉をかけた。

いつもとはちょっとだけ違った夜が更けていこうとしていた。

影二郎は若菜の寝所で夏莫蓙にごろりと横になり、若菜を待っていた。

吊られた蚊帳が風に戦ぎ、有明行灯の明かりに寝化粧をした若菜のほっそりとした姿が映った。

一見細身に見える姿は姉の萌も一緒だった。

萌は裸になると四肢にしっとりとした肉が付いていた。

一方、若菜はしなやかな腰のくびれが細く、それだけにたおやかな胸のふくらみは、鮮やかにも盛り上がって美しい双胸を見せていた。

「待っておった」

影二郎は蚊帳に入ってきた若菜の腰を抱いた。

「これ、まだおばば様が起きておられます」

「若菜とおれは〈あらし山〉の若夫婦、だれに遠慮が要ろうか」

「そうではございましょうが」

影二郎が若菜の襟に手を差し込むとしっとりと馴染んだ胸をつかんだ。

若菜の細身がのけぞって夏莫蓙の上に崩れた。

「影二郎様」

「若菜」

暑さが漂う夜の一刻、快楽のときがゆるゆると過ぎて若菜が、
としなやかな姿態をぐったりと虚脱させて果てた。

「影二郎様、お許しを」

影二郎は顔を若菜の胸にのせて若菜の弾む息遣いを聞いていた。無頼に生きることを己に命じたはずの影二郎にとって、一番安息を感じられる瞬間だった。

若菜は息を鎮めて、訊いた。

「鳥居様の〈あらし山〉訪問は、ご懸念にございますか」

「はてのう。妖怪どのの考えることなど、われらが斟酌しても無益なことよ。これまでも鳥居との対立は幾たびもあった。来たらば来たれ。そのとき、考えようか」

「はい」

若菜の両手が影二郎の顔を抱くと、

ふわっ

という感じで眠りに就いた。

「若菜に苦労をかける」

とそう考えながらも影二郎も眠りに就こうと庭を見た。

蛍の淡い光が飛んで闇に紛れた。

影二郎もその直後に眠りに落ちた。

翌朝、下谷御徒町に影二郎と若菜が着いたのはまだ涼しさが残る五つ半（午前九時）の頃合だ。

大番組（おおばんぐみ）与力の屋敷の塀の下に数人の朝顔売りが集まり、三々五々と訪れる客を相手に朝顔を売っていた。まだ刻限も早い、朝顔売りの大半は町廻りの最中であろう。

影二郎と若菜は、屋敷から少し離れたところに立つ大楓（おおかえで）の枝の下で朝顔売りたちが集まるのを待った。

江戸の朝顔売りは五月半ばから八月前までの商いだ。

素焼きの小鉢に入谷辺りから浅草界隈の古い溝の泥を乾かして解して入れ、それに種を蒔いて花を咲かせた。花の色も紅、白、瑠璃、浅葱、柿色、縁、しぼりと多彩であった。

朝顔売りはまだ薄暗い未明から天秤の左右に平台を提げ、そこへ大鉢で三十鉢、小鉢だと六、七十も載せて売り歩いた。

仕入れが少なくて済んだ上に遊里などでは高く買ってくれたから、儲けが大きな商いであった。それだけに競争相手も多く、売れ残ることもあった。

そんな朝顔売りたちが下谷御徒町に集まり、市の如き商いを始めようとしていた。

影二郎と若菜が到着して四半刻（三十分）も過ぎたか、通りには三、四十人の朝顔売りが顔を揃え、客も大勢集まり出していた。

そんな場に派手な浴衣を着た男たちが長脇差をこれ見よがしに落とし差しにして姿を見せた。

髭面の男が通りの真ん中に立ち、顎で子分たちに合図すると子分たちが、

ぱあっ

と散ってどうやらショバ代を集める様子だ。

「未だ市にもならぬところにも、あのような方々が顔を出されますか」

「やくざ者は金の臭いに敏感だからな」

と二人が言い合うところに大声が響いた。

「新顔だな。ここは御徒町の千吉(せんきち)親分の縄張りだ。毎朝、十文ずつ納めるのが慣わしだ！」

「私どもはまだ一鉢も売っておりませぬ、それにショバ代とはなんでございますな」

十二、三歳か、御家人か浪人の娘と思える少女がやくざの子分に訊いた。

「なにっ、ショバ代も知らずに商いにきたか。世間知らずで朝顔を売ろうなんぞは太(ふて)え了見(りょうけん)だ、帰(けえ)りな帰りな」

娘とその弟と思える少年の二人を子分が追いたてようとした。

「無礼者が。武士に向かってその物言いは失礼である。われらは母上の丹精(たんせい)に育てられた朝顔を売りに参っただけだ。その方らに払う銭などない」

弟が言い返した。

「だからさ、ショバ代を払う気がねえんなら、商いはできないんだよ」

子分がいきなり姉と弟が抱えてきた朝顔の鉢の一つを蹴り倒した。

「なにをいたす、乱暴者が。そこに直れ、万代修理之助が成敗してくれん」

と弟が粗末な脇差の柄に手をかけた。

「おい、千吉一家の鬼太郎様に逆らおうというのか。この鉢、全部叩き割ってやる」

と鬼太郎が残った鉢を足蹴にしようとした。

修理之助が小さな脇差を抜いて斬り付けようとした。その背から鬼太郎の仲間が動きを止めるように小さな体を羽交い締めにし、

「どこの貧乏御家人の餓鬼と娘だ」

と周りに訊いた。そのかたわらには髭面の千吉親分が黙って様子を見ていたが、

「鬼太郎、乱暴はよくないぞ。見れば姉の方はなかなかの顔立ちではないか。御家人とはいえ、朝顔を売りに来るのはよくせきのことだ。二人を長屋に連れ戻してよ、娘を売ったほうが朝顔よりなんぼか儲かるとよくよくお話し申し上げて、因果を含めてきな」

と命じた。

「親分、そこまでは気が廻らなかったぜ」

と答える鬼太郎の脛を羽交い締めにされた修理之助が蹴った。

「やりやがったな」

鬼太郎が修理之助の頬桁を殴り返した。

「弟に打擲することは許しません」

姉が身構えた。

「騒ぎが大きくなっちゃあならねえ、連れていけ」

と千吉が命じたとき、一文字笠を被った影二郎が、
すいっ
と前へと出た。

「千吉、御徒町の先代が病に倒れたと聞いたが、おまえが跡目を継いだか」

「だれだ、千吉なんぞと親分を呼び捨てにするのは！」

と叫んだ鬼太郎が影二郎の前へと詰め寄った。

影二郎の平手がいきなり鬼太郎の頬を叩き、鬼太郎の体が横手に吹っ飛んだ。

「やりやがったな！」

一家の面々が長脇差や匕首を抜き放った。

影二郎が一文字笠の縁を上げた。

「あっ！」

と驚きの声を上げたのは御徒町の千吉だ。

「あさり河岸の鬼かい。影二郎さん、おめえさん、無事だったか」

「千吉、どんな噂を聞いたか知らないが、夏目影二郎はこのとおり元気だぜ」

「なんと」

「おめえの縄張り内を荒らす気はないが、女子供にみっともねえ」

「くそっ！」

と吐き捨てた千吉が、

「行くぞ」

と子分たちに命じた。

「親分、まだショバ代が」

「ショバ代もなにもあるものか、あさり河岸の鬼が戻ってきたんだよ。相手が悪い」

と子分たちに吐き捨てると人混みを掻き分けて一家が姿を消した。

四

御徒町の千吉一家の面々が消えた朝顔市で、若菜は幼い二人の朝顔をすべて買い上げたいと影二郎に訴えた。

影二郎が返答をするより先に姉弟が驚きの声を上げげた。

「二十鉢はございます」

「一鉢買うて下されば十分です」

嫌がらせのやくざ者を追い払った上に、朝顔をいきなりすべて買うというのだ。初めて朝顔を売りにきた姉弟には信じられない話だった。

「母上が丹精に育てられた朝顔が気に入ったのです、是非譲って下さい」

若菜の熱心な言葉に二人が顔を見合わせ、姉が、

「そのような親切を受けてよいものでしょうか」

「うちは浅草寺門前で甘味処を営んでおります、お店のあちこちに飾りたいのです」

という若菜の返答に、

「姉上、真のお話なれば、お客様のお店まで私どもが運んでいきましょう。朝顔市に出てきた初日から上客様にお買い上げ頂いたのですからな」

とませた口調で弟が言い出したものだ。

「わが長屋は近くです。母上に浅草寺門前までお届けすると断ってきます」

と言うと、ばたばたと草履の音をさせて姿を消した。

「お客様、お礼を申すのが遅れました。先ほどは危ういところをお助け頂き真にありがとうございました」

と姉が頭を下げて、

「私どもは近くに住まいいたします万代かよと修理之助にございます」

と丁寧に名乗ったのだった。そこへ弟の修理之助が戻ってきて、姉のかよとともに手作りの運び台に載せて朝顔二十鉢を運ぶ様子をみせた。

「無理をせずともよい。われらも手分けして持つ」

という影二郎に、

「お届けはわれらが必ずいたすように、お客様のご親切に甘えてはなりませぬと母上に命じられました」

二人は影二郎たちに持たせなかった。

「ならば途中で交代しようか」

御徒町から浅草寺門前西仲町の〈あらし山〉に向かう道々、四人は話しながら歩いた。聞くのはもっぱら若菜で答えるのは姉と弟だ。

万代家は御徒町の長屋に住む御家人であった。

江戸期、武家地には町名がなく、この界隈も御徒町、徒町と付近の住人には呼び習わされた。徒衆が多く住んだゆえに徒町というわけだ。

徒組は徒歩組、歩行組とも書くように騎馬身分ではなく、大半が七十俵五人扶持のような下級幕臣であった。むろん御目見以下の身分だった。

万代家も御徒十二番組の御徒衆とか。身分は七十俵五人扶持、徒組でも最下級といえた。

万代家では母の五月が長年楽しみで朝顔を育てていたが、これまで売るようなことは考えなかった。それが楽しみを捨て、わずかでも金子に換えようとしたのには理由があった。万代家の当主の次三郎が病に倒れ、薬代をなんとか捻り出そうと思い立ったのだ。

「万代家は一家四人かな」

「いえ、私の上に姉が二人おりますが、やはり同じお長屋に嫁に行っておりま

「それでお二人が母上の手伝いを思い立たれましたか。感心なことです」

と若菜が感激の表情を見せると、おかよが、

「お客様は甘味処を営んでおられると申されましたが、出はお武家にございますよね」

と訊く。

「申されるとおり私は浪人の娘ですよ。夏目影二郎様と知り合って、川越城下から江戸に出て参ったのです。わが家も父上が病に倒れ、長年床に伏せっていましたゆえ、そなたさま方のご苦労は身に染みて分かります」

と若菜が告げた。

「そうでしたか。それでわれらに同情なされたのですね」

額に汗を掻きながらも修理之助が言う。そして、今度は影二郎に興味を持ったように訊いた。

「やくざ者があさり河岸の鬼と驚いていました。あさり河岸とはどういう意味ですか」

「あさり河岸か。その昔、おれは千吉の仲間だったのさ」

「夏目様がやくざ者ですって」

修理之助が驚き、影二郎が自らの出自などを説明した。

「それであさり河岸の意味が分かりました。鏡新明智流の桃井春蔵道場といえば江戸でも三本の指に入る道場です、どうりでお強いはずだ」

と感心しきりの修理之助に、

「どうだ、互いに身分が分かったところで交代せぬか」

と切り出したが姉も弟も、

「それはなりませぬ」

「われらで運びます」

と〈あらし山〉まで大汗を掻いて二十鉢の朝顔を運び通した。

御徒町を出ておよそ半刻後、夏目影二郎と若菜は、朝顔売りの姉弟を連れて、〈十文甘味あらし山〉に戻ってきた。

「おお、なかなか見事な朝顔ですな。鉢が一つ割れておるが、落とされたか」

と添太郎がにこやかに四人を迎えた。

二人は門を備え、広々とした庭がある甘味処にびっくりした様子だ。

〈あらし山〉では添太郎の声にいくばかりか、奉公人全員が出てきて、

「なんとまあ、愛らしい紅色の朝顔ですこと」

「花の縁の色変わりがなんともいいぞ」

など褒めそやした。

「ご苦労でしたな」

若菜が二人の姉弟を労い、

「ちとお二人に願いがございます」

と言い出した。

品物を納めたら、お代を頂いて長屋に戻るはずだった姉弟が顔を見合わせた。

「私どもはまだ朝餉を食しておりませぬ。おかよさんと修理之助さんも私どもとご一緒してくれませぬか」

「若菜、それはよい」

といくがすぐに賛同の声を上げ、女衆に膳の手配を命じた。

元々料理茶屋を経営していた主と奉公人たちだ。いきなり一人ふたり増えようと驚きもしない。添太郎も、

「御徒町から幼い姉弟にこれだけの朝顔を届けさせて、このまま帰したのでは愛想がない。まあ、お武家様のお子様ならば面食らおうが、町家のやり方です。食

べていって下さいよ」

と勧め、いくと若菜が二人の手を引くように座敷に上げた。

「修理之助、おかよ、うちでは遠慮は無用だ」

と影二郎も言い、姉と弟は影二郎と一緒に膳の前に座らされた。

「朝顔売りに出たのが初めてなら、やくざ者に絡まれたのも初めてです。その上、朝顔をすべて買い上げて頂いた上に朝餉を馳走になるなんて、母上がなんと申されるか」

姉が心配そうな顔をした。

「おかよ、われらが客と言うのなら、客の無理は聞くものだぞ」

「それはそうでしょうが」

「それにな、人というものは縁だ。長年付き合っても心が打ち解けぬ者もおれば、そなたらとわれらのように一瞬の裡に気が合う者もいる」

と影二郎がにたりと笑い、二人も少し気持ちの余裕が出てきた様子だ。

おかよが、

「甘味処と申されますから、小さなお店かと思うておりました。まさかこのように大店とは考えもしませんでした」

「うちはな、わが亡き母とじじ様、ばば様が一緒に料理茶屋を営んでおったのだ。だが、豪奢贅沢禁止のお触れで商いが立ち行かなくなった。そこで皆で知恵を絞り合い、一品十文の甘味を商うことを考えたのだ」

「そうでしたか」

「おかよさん、あとでうちの蕎麦餅も食べてもらいますよ」

と言う若菜にいくが、

「お長屋でおっ母さんがお待ちというではないか。若菜、土産にうちの名物をお持たせなされ」

と新たに命じた。

初め身を固くしていた姉と弟だったが、〈あらし山〉の気さくな雰囲気にすぐに馴染んだ。修理之助など、

「このような美味しい朝餉を食したことがございません」

と鰺(あじ)の開き、野菜の煮付け、浅蜊(あさり)の味噌汁でご飯を何杯もお代わりして、

「これ、修理之助」

と姉に窘(たしな)められたほどだ。

食事の後、おかよと修理之助は蕎麦餅を供され、

「これがこちらの名物にございますか」

「姉上、蜂蜜（はちみつ）がなんとも甘いぞ」

と二人で満足そうに食した。

「よいか。朝顔を売りに出るときはまずうちにな、持って参れ」

と影二郎が命じ、若菜が奉書紙（ほうしょがみ）に包んだ朝顔代と蕎麦餅を差し出した。

朝顔の鉢の代金を訊こうともせず包みで渡す若菜に、おかよが、

「若菜様、真に失礼とは存じますが朝顔の代金としては多いように思えます」

と念を押した。

幼いながら代金が過分と直感したのだ。

朝顔はせいぜい数文から十文の値だ。

「お運び賃も加えてございます。遠慮なさるほどのことではございませんよ。よいですか、影二郎様も申されましたように、こちらにお顔を見せて下さいな、毎朝でも構いませぬよ」

空になった運び台の上に蕎麦餅など〈あらし山〉の名物の甘味を載せて、おかよと修理之助が嬉しそうに戻っていったのは九つ（正午）の頃合だった。

〈あらし山〉にはぼちぼち浅草寺のお参り帰りの人々が立ち寄り始めていた。

今日も陽射しは強く、〈あらし山〉の木々の影が濃く地面に落ちていた。

影二郎は裏庭に積んであった竹を持ち出し、庭の一角に朝顔の棚を造ることにした。

二か所に分けて、五鉢ずつ伸びてくる蔓を這わせる棚を完成させたとき、影二郎は一汗搔いていた。あとの十鉢は店のあちらこちらに飾ることにした。

「あか、そなたはのうのうと寝そべっていてよいな」

と嫌味を言うのを東仲町から茶を喫しにきていた魚屋の隠居が聞いて、

「影二郎さんよ、犬が棚造りを手伝うとなれば奥山の見世物小屋が黙っていないぜ、無理な話だ」

とちょっかいを入れてきた。

「隠居、駄目か」

「この暑さだ、あかだって動きたくなかろうよ。その上、絹物は駄目、芝居は禁止。なにもかにも贅沢をするなと小言ばかりが南町から聞こえてくらあ。窮屈な世の中になったもんだぜ」

とぼやいた。

「隠居の家の商売にも差し支えるか」

「今年の初鰹は全く売れなかったぜ、下魚ばかりで儲けにならねえや」

「売れ残った鰹はどうなった」

「それが売れ残らないから不思議な話だ」

「どういうことだ、隠居」

「表商売では駄目だがな、裏で売り買いされて例年よりも高値で取引がなったんだそうだ。うちのような正直商売ではできない算段よ」

「分限者が購うのか」

「それがさ、御城のお役人や大名家、留守居役が客筋の料理屋に一皿何両もの値で出させたそうだ」

「うちは商い停止で甘味処に鞍替えさせられたんだぜ。あの南町奉行所は黙って見逃しているのか」

「そこだ、影二郎さん」

と声を潜めた隠居が、

「大きな声じゃ言えないが、柳橋の一見客お断りと格式の高い料理茶屋〈満月〉の上得意は、お忍びの鳥居奉行だというぜ」

「なんということだ。他人には贅沢はならぬ、と取り締まっておいて当人は一皿何両もの初鰹か」

「世の中どうなってんだか」

と嘆いた隠居は、

「孫の世話に戻ろうか」

と茶代を置いて〈あらし山〉を出ていった。

影二郎は朝顔の蔓を造ったばかりの竹棚に絡ませて、仕事を終えた。

「精が出ますな」

という声に影二郎が振り向くと小才次(こさいじ)とおこまが立っていた。

「この陽射しだ。長屋に帰りたくなくて、このような暇つぶしをしておった」

影二郎の片付けを大目付常磐秀信の中間が手伝った。

菱沼親子と同じように小才次とは幾たびとなく影御用を命じられ、死地を潜り抜けてきた仲だ。以心伝心、なんでも通じた。

「奥に参ろうか」

おこまと小才次を裏庭に面した座敷に案内した。

「ようこそお出でなされました」

と若菜が早速挨拶にきて、冷たい緑茶と蕎麦餅を置いていった。

おこまと小才次が連れ立ってきた以上、秀信の御用と心得ているから、その場に長居することはない。それに昼時から〈あらし山〉の商いは賑やかになる。

若菜は台所と店を往復しながら、接待に余念がない。

「二人連れでなんぞあったか」

「へえっ」

と小才次がうなずき、

「殿様からの言付けにございます」

「なんだ」

「昨夜、長崎町年寄にして砲術家の高島秋帆様の隠れ家に、南町の手の者が入ったそうにございます」

「なにっ」

と驚きの声を上げた影二郎が、

「高島どのは捕縛されたか。いや、なんの咎でそのような目に遭うたか」

「南町がなんの容疑で高島様を捕縛しようとなされたか、ただ今のところ判然としていませぬ。ただ、高島様は一歩の差で逃げ果せられたそうにございます。どのような嫌疑で南町が入ったのかは定かではありません」

「逃げられたのは重畳」

「お仲間が二人ほど大怪我を負わされたそうです」

「妖怪め、いろいろと手を使いくさるわ」

「なんぞございましたか」

おこまが影二郎に訊いた。

「昨夕のことよ。〈あらし山〉を訪れ、蕎麦餅なんぞを美味い美味いと食していったそうな」

「なにか意図あってのことにございましょうか」

「同じ刻限のことだ。おれは湯屋に参り、帰り道、尾行てきた者を清水稲荷社の参道に誘いこんだ。だれに頼まれたか、着流しの刺客がおれを襲いきた」

「斬り捨てられましたか」

「おこま、降りかかる火の粉だ、いたし方あるまい」

「影二郎様を責めてはおりませぬ」

と苦笑いしたおこまが、

「またぞろ鳥居様が動き出したとみてようございますな」

「狙いは高島秋帆どのだ」

影二郎の返答に二人がうなずいた。

「父上の言付けとはなんだ」

「高島秋帆様が影二郎様を頼って参られるやもしれぬ。その心積もりでおれとのことでした」

江川太郎左衛門と常磐秀信は明らかに連動していた。

「承知したと父上に伝えよ」

首肯（しゅこう）した小才次が、

「われらがなんぞなすべきことがございましょうか」

「近々豆州に旅することになろう。その用意をしておけ、喜十郎も一緒じゃ」

「承りました」

とおこまがうなずく。

「おこま、柳橋の料理茶屋〈満月〉に南町奉行がお忍びで出入りし、ときに一皿何両もの初鰹なんぞを食するそうな。鳥居の相手はだれか、なんぞ調べる手立てはないか」

しばし沈思したおこまが、

「豆州行きはいつと考えれば宜しゅうございますか」

「高島秋帆どのの気持ち次第よ。明日になるやもしれぬ、二月先になるやもしれぬ。こいつばかりはおれの考えではままならぬわ」

おこまがまた考えに落ち、

「なんとか思案してみます」

と約定した。

「それと今一つ、御用屋敷の長屋住まいのそなたならばなんとか工夫も付こう。関東取締出役中山誠一郎と上州八寸村の小斎の勘助という道案内が、ひそかに結び付いておるかどうか調べられぬか」

影二郎が忠治の頼みをおこまに告げ、おこまが険しい表情を見せた。だが、

「お急ぎですか」

と平然とした顔で訊いた。

「できればな」

「一日二日、時を貸して下さい」

「よかろう」

影二郎の返答を聞いた二人の密偵が同時に立ち上がった。

第二章　士学館の虎

一

その夕暮れ、影二郎とあかは〈あらし山〉を出て、市兵衛長屋へ戻るために御蔵前通りを歩いていた。

今日も一日じりじり暑い日であった。

駒形堂に差し掛かったとき、大川から川風が吹き寄せてきて、主従を撫で、影二郎の足の向きを変えさせた。

河岸に出てみようと思ったのだ。

元禄期に建立（こんりゅう）されたときは駒かけ堂と呼ばれていたところをみると、馬方たちが馬を休ませるために手綱（たづな）を結ぶ御堂であったか。

流れには納涼船が出て、往来していた。

その船が行き交うたびに影二郎らの立つ河岸に波がぶつかり、
ちゃぷんちゃぷん
と音を立てた。

主従は河岸道を三好町へと下り始めた。すると闇から一つの人影がするりと現われ、主従の背後に従ってきた。

殺気は感じない。

河岸道にも水上にも大勢の人の目があった。不心得者が出るとしたら、まだあとのことだろう。

影二郎は尾行者を振り返り、

「蝮、暑さに浮かれて出て参ったか」

と声をかけた。

「旦那とは草津以来かねえ」

と懐かしそうな声で応じた蝮が寄ってきた。

蝮の幸助は国定忠治の子分の一人だ。八州廻りに日夜追われる幸助はいつも旅姿だが、さすがに江戸では目立つ。遊び人のような縞の単衣（ひとえ）の着流しに懐に匕首でも呑んだと思える恰好だ。

「上州の夏の暑さは名物だが、江戸もなかなかのもんだぜ」

二人が話す河岸道の下の、板を張り出しただけの船着場に猪牙舟が寄せられ、男客が降りた。

掛取りにでもいった様子の御蔵前通りの札差のお店者のようだ。

その男が犬を連れた二人を怪しむように横目で見て懐の金子を押さえ、通り過ぎた。

「ちぇっ、胡麻の蠅と間違われたぜ」

「幸助の風体はどう見ても只者じゃないからな」

「おや、おれはまた南蛮の旦那と思ったがねえ」

と、これまで助けたり助けられたりしてきた仲の二人が久闊を叙する掛け合いの言葉を投げ合った。

「河岸の旦那方、涼みがてら舟はどうだい」

空になった猪牙の船頭が声をかけてきた。声柄からして年寄り船頭のようだった。

「蝮とあかでは洒落にもならぬが、川遊びも悪くない」

影二郎は蝮の考えも聞かず船着場へと下りた。心得たようにあかが続き、最後に蝮が下りてきた。

猪牙に向かい合って座り、その間にあかが横になった。

「吉原に行く面でもなし、涼を求めてうろうろすればいいかね」

「親父、舟を小半刻借り切る。最後の行き先は御厩河岸之渡し場だ。まずは物売り舟を見つけよ」

「へえっ」

と承知した老船頭が棹で河岸を突き、流れに乗せた。櫓に替えると明かりを点した物売り舟を見つけ、船縁を接しさせた。

「親父、酒を四合ばかり、つまみは見繕ってくれ」

「へえっ、旦那」

と頬被りした物売りが答えた。

明かりの下の顔をよく見ると三好町の湯屋で時折り一緒になる駒三だ。

「そなた、冬場は上燗屋だったな」

「この暑さに屋台を担いでも客はつかないよ、旦那。夏場は物売り舟に鞍替えだ」

駒三は徳利に酒を注ぎ、

「つまみは一夜干しのするめなんぞはどうだ」

「相手が相手、上等だ」

駒三がするめをさっと七輪で炙った。

「器は長屋の木戸に放り出しておいておくれ。明日にでも取りに寄ろう」

影二郎は一分を差し出すと、

「釣りがあるものか」

「取っておけ」

「さすが、あさり河岸の鬼だねえ、気前がいいや」

「しっかり稼げ」

駒三の物売り舟が次の客を求めて猪牙から離れていった。

幸助が徳利を持ち上げ、影二郎が手にした盃を満たし、自らも注いだ。

「旦那と酒を酌み交わすのは前橋外れの広瀬川の流れ宿以来かねえ」

「そんなものか」

二人はしみじみと酒に口を付けた。黙って酒を呑み、烏賊の一夜干しを噛んでいると体の火照りも引いた。

「旦那、妖怪の弱みを探れって話だが、あいつは大胆過ぎて却って弱みか強みか、分別がつかねえや」

「話してみねえ」

「妖怪が南町奉行に就いたのは去年の師走のことだな。その前は矢部駿河守定謙様が務めておられた。この矢部様だがな、異例にもわずか数か月で町奉行を辞めさせられている」

先の南町奉行がだれであったか、考えもしなかった。

「なんぞ失態をなされたか」

「いや、大きな失態はない。些細なことを鳥居に論われ、ようやく抜擢された町奉行職を追われたのさ」

「些細なこととはなんだ」

「なんでも町奉行に就任するに当たり、老中各位に賄賂を贈ったとか贈らないとかいう噂だ。矢部家は長年の無役だ、賄賂を贈ろうにも蔵は空っぽだ。矢部様に町奉行の拝命が下ったあと、矢部家では儀礼の範囲で老中やら若年寄に品を贈ったそうな。なんでも白扇とも白布ともいう。どこぞの屋敷では受け取った用人が手で重さを量り、山吹色が隠されてないことを知ると、当家では儀礼の品は受け取る習慣はござらぬと突っ返したというほどの曰く付きの粗品だ。賄賂なんかじゃけっしてねえ。こいつを鳥居の野郎、針小棒大に仕立て上げ、罷免に追い込んだのさ。まあ、矢部様にも大坂町奉行時代の古傷がないわけじゃあない。それを言い出せばキリはない。ともかく自らがその後釜に座るためにね」

「あやつのやりそうなことだ」

影二郎が徳利をつかみ、蝮の盃を満たす。

「強引なやり口は鳥居耀蔵の強みだ。なにしろ老中どのが後ろに控えておられるからな」

「水野様の差し金で矢部様は首を挿げ替えられたというか」

「いや、いくら水野様でもそこまではすまい。鳥居一人の考えよ。矢部様に会えばなんぞ出てくるかもしれぬな」

「矢部様は近頃酒に溺れていなさるということだ」

「妖怪の出世の陰で泣く者あり、身を持ち崩す人ありか」

「使えそうか」

「すぐに切り札としては使えまい。だが、駒札として覚えておく」

と答えた影二郎が、

「なんの考えあってかな、ただ今の奢侈禁止令に触れぬようにと十文甘味を始めたわが実家の〈あらし山〉を鳥居耀蔵が訪れおった。昨夕のことよ」

と忠治と湯屋で会った以降の動きを蝮に告げた。

「親分の動きを鳥居がつかんでいたか」

「おれを襲ったのは別口と思える。忠治の動静が分かっていたとも思えぬ」

「そうだろうな」

と蝮が安堵の言葉を漏らした。

「物事が錯綜し、絡み合っておる。ただ今の鳥居の狙いは高島秋帆どのだ。その関わりで〈あらし山〉に姿を見せて、おれや父上を牽制しているのではと思える」

「それを聞いてますます安心したぜ」

「そっちの一件だがな、一日二日待て。ただ今御用屋敷で調べさせておる」

「こっちは噂をかき集めただけだ。御用屋敷となると時間はかかる」

二人の用事は終わった。

徳利に残った酒を呑み終えたとき、猪牙は御厩河岸之渡し場に着けられていた。

「親父、思いがけなくも川遊びができた。礼を申すぞ」

酒手を加えた舟賃を渡す間にあかが船着場に跳び上がり、蝮が空になった徳利と盃などを手に抱え、あかに続いた。

「旦那、ありがとうよ」

船頭の声がして猪牙は再び流れに戻った。

「旦那、長屋の井戸端まで運んでいくぜ」

「頼もう」

市兵衛長屋の木戸を真っ先に、この二日あまり留守をしたあかが走り込んでいった。

「あかか、戻ってきたか」

「番犬が留守をしちゃあ、肝心な時に役に立たないよ」

長屋の住人に次々に声をかけられ、あかがなに事か答えるように、

うおううおう

と声を出して応じていた。

「なんぞ留守中にあったか」

影二郎が長屋の路地で思い思いの恰好で就寝前の涼をとる住人に言葉をかけた。

「昨晩のことだ。旦那のところから音がするからさ、目が覚めたんだ。旦那でも

戻ってきたかと思ってよ、壁越しに旦那かね、と声をかけたと思いねえ。そしたら、壁の向こうでびっくりした気配があってよ、戸口からだれかが飛び出していったんだよ」

壁を挟んで隣に住む棒手振りの杉次が言う。その足元には蚊遣り(や)の青杉が燃されて、煙が路地をもうもうと流れていた。

「泥棒か」

「旦那、小判でも貯め込んでいるかえ」

「小判はないな。いつぞや、賊に入られ南蛮外衣を盗まれたことがあった」

「あったあった」

と大工の留三(とめぞう)が言い、

「今朝さ、杉次さんと一緒にまた小汚い合羽(かっぱ)が盗まれたかと長屋を覗いたがねえ、合羽は無事だ」

「となると泥棒ではないか」

「女でもなかったねえ」

下駄の歯入れ屋のお六(ろく)婆さんが口を挟んだ。

影二郎は長屋の戸を開き、杉次から煙草の火を借りて行灯に明かりを点した。

ぼうっ
と明かりが点り、九尺二間が浮かび上がったが、夜具以外まともな家財道具もない長屋から姿を消したものがあるとは思えなかった。

「南蛮の旦那、変わりはねえかえ」

井戸端に徳利などを置いてきた様子の蝮が戸口から声をかけた。

「だれが入り込んだか。ともかくざわざわと慌てふためいて動き出したお方がおられることだけは確かだぜ」

「そのうち尻尾を現わすって」

と言い残して蝮の幸助が姿を消した。


翌朝、影二郎は、市ヶ谷御門内の屋敷町にあった。

杉次が気付いた物音は、泥棒でもなく南町奉行鳥居耀蔵の手先でもなかった。侵入した者は影二郎に一通の文を届けて杉次に声をかけられ、慌てて逃げ出したようだった。

その文に従い、影二郎は斎藤弥九郎の練兵館道場の前に立っていた。

天保期、北辰一刀流千葉周作の玄武館、鏡新明智流桃井春蔵の士学館、そし

て、神道無念流斎藤弥九郎の練兵館を三大道場と称し、

「位は桃井、技は千葉、力は斎藤」

と並び称された。

斎藤弥九郎の道場は元々俎橋近くにあったが天保九年の大火で類焼し、麹町三番町に引っ越していた。

門弟三千人と豪語する市ヶ谷練兵館を訪れるのは影二郎にとって初めてのことだ。俎橋時代は何度か出稽古に訪れた記憶があった。

この斎藤弥九郎と江川太郎左衛門は神道無念流岡田十松門下の兄弟弟子である。年が三つ上の弥九郎が兄弟子だ。弥九郎が独立した後、太郎左衛門は弥九郎に弟子入りし、数年後、免許を得ていた。一方、弥九郎は韮山代官の手代として主従関係を結んでいたから、師匠であり、奉公人でもあった。

「御免」

と練兵館の玄関先で声をかけると稽古着の門弟が姿を見せて、

「御用ですか」

と声をかけた。

「稽古を見学させて頂きたい」

置き文には練兵館を訪ねよとあるだけで他に指示はなかった。いたし方なく影二郎はそう答えた。

門弟が影二郎の風体を検めるように見た。

着流しの腰には反りの強い法城寺佐常が落とし差しにされ、頭に被った一文字笠も風雪に傷んでいた。

「お手前、道場破りか」

「滅相もござらぬ」

「ただ稽古の見学に来られたと申されるか」

「いかにも」

問答を交すところに別の門弟が姿を見せた。

「進次郎、どうした」

「この御仁が稽古を見学したいと申されております」

「ほう。この前もそのようなことを申して道場に入り込み、控え室に紛れ込んで盗みを働いていった不逞の浪人がおったな」

「はい」

と進次郎と呼ばれた若い門弟が素直にもうなずいた。

「そなた、なんぞ魂胆があってのことなら止めたほうがよい。二度と同じ手は食わぬでな。見付ければ半死半生、まず手足の一、二本駄目になることを覚悟なされ」

と脅すようにいった。

式台(しきだい)の背後に廻り廊下があって、別の人物が通りかかり、玄関先の様子を見ていたが、

はっ

と気付いたように式台に下りてきた。

「宇佐美(うさみ)、米田(よねだ)、その方ら、目の前のお方をどなたと心得ておる」

「師範」

と振り返った年長の門弟が、

「どなたとはどなたです」

と問い返した。

「その昔、あさり河岸の鬼と呼ばれたお方がおられた。夏目瑛二郎とも、その後改名して影二郎とも呼ばれるお方だ」

「聞いたことがございます、あさり河岸の鬼はなかなか腕っ節が強かったそうで

すね」

と年長の門弟が答えた。

「宇佐美佐之助、米田進次郎、そなたの目の前のお方が夏目影二郎様だ」

「えっ」

と年長の門弟が驚き、進次郎と呼ばれた若い門弟は、

「あさり河岸の鬼とか夏目影二郎とか聞いたこともないな」

とこちらは屈託もなく影二郎を見た。もはや若い剣術家にはあさり河岸の鬼も夏目影二郎も存在しないのだ。

「夏目様、お久しゅうござる。それがし、俎橋時代にそなたの勇姿をお見かけしたことがござる。園田平八郎です」

「確か園田どのとはお手合わせいたした記憶がございますな」

「桃井先生とご一緒なされたそなたが、うちの門弟を次々に打ち破り、颯爽とした光景は今も目に焼き付いております。それがしもやられました。あさり河岸の若鬼、まさに異名どおりにございました」

「若気の至りにございます、お許し下され」

と一文字笠を脱いだ影二郎が詫びた。

「なんの詫びなど要りませぬ。ささっ、道場へお上がり下さい」

と園田に案内されるように影二郎は練兵館道場に入った。

影二郎にとって久しぶりの道場の稽古風景だ。

門弟三千と豪語するだけにさすがに広さも十分、稽古する門弟の数も軽く三百人は超えていると思えた。

「園田どの、道場の端にて見学させて下され」

「夏目様、斎藤先生も時折りそなたの名を口になされます。是非、先生にお目にかかって下され」

と園田師範に強引に見所に案内された。すると呼び出された理由がそこにあった。見所下に稽古着姿の斎藤弥九郎と江川太郎左衛門英龍が並んで立っていた。

「おおっ、参られたか」

太郎左衛門が影二郎に声をかけた。

「過日は」

と挨拶した影二郎は斎藤弥九郎に、

「斎藤先生、ご壮健にてなによりと夏目影二郎心から慶びにたえませぬ」

「夏目どの、そなたのことはな、坦庵先生の口から始終聞いておりますぞ」

と笑みを浮かべた顔を向けた。

坦庵とは太郎左衛門の号だ。

兄弟子の弥九郎の口から思いがけない言葉が飛び出した。

二

「剣術家の挨拶は稽古にござろう。どうだな、一汗掻かぬか」

驚く影二郎をよそに太郎左衛門が、

「斎藤先生、それはよい考えかな。道場稽古で鍛え上げられた人士は数多おられよう。だが、夏目影二郎どののように幾多の修羅場を潜り抜けてこられた方はおられぬからな」

と賛意を示した。

「確かに」

と自分の言葉に得心した弥九郎が、

「平八郎、夏目どのの胸を借りる門弟を人選いたせ、そなたもその中の一人だぞ」

「うあっ！」

と平八郎が叫び、

「夏目様に狙橋時代に叩きのめされて以来、それがし、あさり河岸の鬼は鬼門にございます、あのような悪夢はございません」

と真剣な顔で言った。

「情けなや。そなた、この弥九郎の下でこの十数年、どのような修行をして参った。少しは進歩したと思うて師範の端に加えたが、その存念では事に及んでの覚悟ができておらぬな」

と叱咤するように弥九郎が言った。

「はっ、無心にぶつかります」

そう言い残した園田平八郎が、

「稽古、止め！」

と大声を発しながら道場の中央に進んだ。

三百人からの門弟が打ち込み稽古を止めて、さっ、と道場の左右の壁際へと下がった。すると広々とした道場の真ん中に、ひとり平八郎が立っているのが見えた。

影二郎が青春時代を過ごしたあさり河岸の士学館の倍、いや、三倍はありそうな広さだ。

「突然であるが、嘗て鏡新明智流桃井春蔵先生の元であさり河岸の鬼と異名をとられた剣客夏目影二郎どのが当道場を訪ねて参られた。先生がよい機会であると、幾多実戦経験豊富な夏目どのに立ち合いを願い、許された。ただ今よりそれがしが名を挙げる者は前に出よ」

平八郎の声に練兵館道場が、

「わあっ！」

と沸いた。だが、進次郎同様に若い門弟連中は、あさり河岸の鬼も夏目影二郎の名も知らなかった。

影二郎があさり河岸を去って長い歳月が流れ、その記憶は江戸の剣術界から消えていた。だが、一部の古い門弟は生意気盛りの夏目影二郎が竹刀を片手にぴょんぴょんと跳びはねるように次々に練兵館の猛者連を打ちのめした光景を脳裏に刻み付けていた。

（あの夏目影二郎が生きておったか）

（実戦だの修羅場だのと申してもやくざ相手の喧嘩殺法であろう、なに事かあら

ん）

と悪しき記憶を蘇らせ、闘争心を掻き立てた。

「一番手古谷猪蔵、二番手佐野辰次郎……」

平八郎は自分を入れて十人の門弟を選び、名を次々に呼び上げた。

黙って成り行きを見守っていた影二郎は手にしていた法城寺佐常と一文字笠を、若い門弟が差し出す竹刀に替えた。さらに脇差を抜くと、

「お預けいたす」

と差し出した。

この期に及んでなにを言ったところで意味はない。

影二郎は見所に飾られた神棚に一礼し、さらに斎藤弥九郎に会釈を改めて送ると道場の真ん中に進んだ。

黒絽の着流しの姿は練兵館で異彩を放っていた。

門弟たちは血腥い実戦の場数を踏んできたという夏目影二郎の痩身に、闘争心とか気概とかを感じ取ることはかなわなかった。漂うのは深い静謐、野心も欲望も捨て去った虚無だった。

激動の天保期、剣術の技を磨き、出世の道具にしたいという武士たちが練兵館

にも多くいた。その人々とは対照的な雰囲気を醸し出していたのが夏目影二郎だった。

「宜しくお願い申す」

一番手に指名された古谷猪蔵は、六尺豊かな長身の若武者であった。猛稽古を想起させて四肢の筋肉は盛り上がり、その上、敏捷な動きを感じさせた。年の頃は二十五、六か、剣術が面白くて、また自信も湧き起こる年齢だった。

「お願いいたす」

影二郎は右手に提げた竹刀を両手に持ち替え、正眼へと構えた。

影二郎を知る古手の門弟の間から、

「おおっ」

というどよめきが起こった。

「位の桃井に鬼が棲む」

と言われた時代の影二郎は一瞬の間もなく飛び回り、跳ね回り、片手両手と持ち替えた竹刀を縦横無尽に振るうような戦い方だった。

だが、十余年の歳月を経て再び見た影二郎は、

「動から静」

の剣士へと変貌を遂げていた。

古谷は一見あさり河岸時代の影二郎を連想して、竹刀を片手に保持し、八双(はっそう)の構えに移したところで片手を添え、

「ええいっ」

と気合を発すると影二郎に向かって一直線に踏み込んでいった。

けれんない果敢な攻撃だった。

影二郎は不動のままに力感溢れる古谷の面打ちを弾いた。

古谷は予測していたように影二郎の竹刀の動きを注視しつつかたわらを擦り抜け、反転して二撃目に繋げようと考えていた。

その瞬間、身を竦(すく)ませた。

古谷は不動と考えた影二郎の横手を走り抜けて十分に間合いを取り、反転した。

いつの間に間合いを詰めてきたか、影二郎が再び先手を取ろうとした古谷の間合いの内にいた。

(なんということか)

夢想もしなかったでき事に心の中で罵(ののし)り声を上げた古谷は上段からの面打ちに賭けた。得意技だった。

「面！」

自らを鼓舞するように飛び込み面を送り込んだ。

影二郎の竹刀がどう構えられ、どう動いたか、後で記憶をたどっても古谷猪蔵には覚えがない。

古谷が振るう竹刀が寸毫のところで影二郎の額を捉えようとした瞬間、しなやかな打撃が古谷の胴を襲い、横手に数間も吹き飛ばされて床に転がった。

一瞬、なにが起こったか、床に起き上がった古谷は、深山幽谷に生えた老木の泰然自若とした趣を漂わせて立つ影二郎の姿を認め、

ぱあっ

とその場に座すと、

「まいりました」

と大声を上げていた。

二番手の佐野辰次郎は小柄な剣士だった。いつもなら古谷以上に動き回り、相手を焦らせて機を窺い、その隙を的確に狙うことを得意にしていた。

だが、影二郎と向かい合ったとき、すでに佐野の動きは封じられていた。動こうにも動けない。脳は、

（動く）

ことを指令していた。だが、四肢の筋肉は恐怖に竦んだように固まったままだ。その時が長く続いた。

影二郎に自分から仕掛ける様子はない。

「辰次郎、唸（うな）ってばかりでは勝負にもなるまい」

と弥九郎の声に、はっ、と我に返った佐野が、

ふわり

と間合いを詰めた。まるで蛇に睨まれた蛙の様相、してはならぬことを佐野は犯していた。

ばしり

と脳天を打撃が襲い、腰砕けにその場に転がった。

三番手は俎橋時代の影二郎の動きを承知していた老練の門弟、篠田悌之進（しのだていのしん）だ。

篠田は影二郎が動くのを待った。動く出鼻に反撃を加えようと己に言い聞かせて、影二郎と対決した。だが、影二郎と向き合い、互いに双眸（そうぼう）を見合った瞬間、自ら間合いを詰めていた。意思に反した動きをしながらも、頭は冷静に影二郎の隙を窺ったつもりだった。

その甲斐もなく一瞬にして小手を巻き落とされて竹刀が飛んでいた。

「まいりました」

四番手、五番手となす術もなく敗北し、六番手に師範の園田平八郎が登場した。

「ご指導お願い申す」

「こちらこそ」

二人は相正眼に構え合った。

影二郎に十余年前の記憶が蘇った。

園田の腕前は上り調子の時代、素早い動きで小手から面、面から胴と連続攻撃を繰り出していた。だが、影二郎の飛燕の如き動きにはかなわなかった。散々に翻弄されて、反対に胴を決められていた。

影二郎の剣風が変わったように園田のそれもまた変化を遂げていた。

それは重厚な構えにすぐに見て取れた。

園田の念頭に勝ち負けは存在しなかった。

十年の修行を影二郎にぶつけてみる、その一念で対峙していた。

不動の二人の中で戦いの機運が濃密に渦巻き、その気配に素直に従い、園田が踏み出した。

正眼の竹刀が面に落ちた。

わずかに遅れて影二郎も踏み込み、園田の竹刀に合わせた。当然、園田には予測された動き、園田の竹刀の動きが昔日を思い起こさせて迅速に変化した。それは若き日とは異なる連鎖攻撃だった。

影二郎は踏み込みながら攻める園田の一手一手を的確に受け止め、押し戻した。

だが、自ら反撃することはなかった。

園田の攻撃は十数合も続いた。

攻めきれないと判断したか、園田は間を取った。

再び両雄は一間で見合った。

影二郎の面上に変化はない。だが、攻めた園田平八郎は肩で息をするほど激しい息遣いに変わっていた。

影二郎は園田の息が鎮まるのを待った。

三百余人の門弟らは睨み合う二人がどこでどう仕掛けるか、固唾(かたず)を呑んで見守っていた。

影二郎が、

すいっ

と前進し、打ち合いの間合いに入った。

園田も踏み込んだ。正眼に戻していた竹刀を小手に巻き落とす動きを見せた後、変化させた。面への流れるような移動だった。

「決まった！」

心の中で快哉を叫んだ。

その瞬間、胴に静かなる殺気を感じ取った。そう知覚した途端、

ばしり

と重い打撃が脇腹に決まり、必死で踏み止まろうとした園田平八郎を横倒しにした。

「まいりました」

園田が正座して影二郎に平伏した。

影二郎も同じように座すと、

「失礼ながら園田どのの十年の研鑽ぶりがそれがしの脳裏に彷彿いたしした。斎藤先生の元、お見事な精進にございます」

「あさり河岸の鬼に負けて誉められた」

と答えた園田がからからと笑った。

残りの四人は園田の兄弟子や上級師範だったりしたが、影二郎と互角に立ち合えた者はいなかった。

十人目の練兵館筆頭師範城ノ内玉三郎が影二郎の面打ちに倒れたとき、斎藤弥九郎が、

「それがしの教え、未だ桃井春蔵先生に及ばずや」

と冗談半分本気半分の口調で嘆いたものだ。

「斎藤先生、影二郎どのの業前、すでにあさり河岸を脱してござる。いわば夏目影二郎流ですよ」

「坦庵先生、いかにもさようかな。噂には夏目影二郎の凄みを聞いておったが、これほどまでとは斎藤弥九郎、言葉もない。父上の常磐秀信様も頼りがいのある倅どのをお持ちになったものよ」

「鏡新明智流士学館に影二郎どのが残っておれば、江戸の剣術地図も大きく変わったであろうな」

江川太郎左衛門英龍が言う。

「江川様、それがしをおだて上げるためにお呼びになられましたか」

「おおっ、そのことだ。後でちと会わせたい人物がござってな、練兵館にお呼び

したのだ」

と答えた太郎左衛門が、

「ちとまだ刻限も早い。ついでと申してはなんだが、このような機会は滅多にない。影二郎どの、それがしとお手合わせ願いたい」

と言い出した。

「驚きました」

江川太郎左衛門は神道無念流の皆伝者だ。だが、国の内外が不穏な折り、蘭学の知識、海外の情報に詳しい幕臣江川は、道場に立つ暇がないほど激務に追われていた。

かつて江川家も常磐家も本所の隣同士に拝領屋敷を構え、影二郎は実母が亡くなった後、本所の常磐家に行かされた。その時以来、影二郎と太郎左衛門は承知していたが、年もだいぶ離れていることもあって、竹刀を交わすことなどなかった。

二人は竹刀を構え合い、会話を交わすように打ち合い、防御し合った。

その様子を練兵館の門弟たちが稽古の手を休めて見ていた。

四半刻後、二人は竹刀を引き合った。

「見るのと立ち合うのは大違いかな、影二郎どのの力、空恐ろしや」

と満足そうな表情で嘆いて見せた。

「江川様、激務にもかかわらず神道無念流免許皆伝の腕前を保持しておられます、さすがだと感嘆いたしました」

「そなたに誉められるとなんだか力を軽(かろ)んじられておるようだが、この際だ、言葉どおりに受け取っておこうか」

と笑った太郎左衛門が、

「影二郎どの、母屋へ」

と道場とは別棟の斎藤家へと誘(いざな)った。

影二郎は太郎左衛門に断り、井戸端に向かった。冷水で固く絞った手拭いで体の汗を拭う。井戸端には稽古を終えた若い門弟たちがいたが、影二郎を畏怖とも尊敬ともつかぬ眼差(まなざ)しで見ていた。だが、言葉をかける者はいなかった。彼らは初めて剣の奥深さを知ったところだ。そのことを教えた人物が目の前にいた。

斎藤弥九郎の練兵館の敷地の一角に斎藤家の住まいがあった。その離れに二人の人物がいた。

影二郎にはすぐに分かった。

長崎町年寄にして長崎会所調役頭取、さらには幕府の砲術方教授を拝命したばかり、西洋式砲術と兵術の権威でもある高島秋帆だ。遠目ながら徳丸ヶ原の大砲演習を指揮した秋帆を見ていたから判断がついた。だが、もう一人の人物には覚えがなかった。

「影二郎どの、高島秋帆先生です」

「先ほどそなたの妙技、道場の隅から拝見いたした。まさか大目付常磐秀信様にこのような倅どのがおられるとは驚きです」

と長崎町年寄の秋帆が笑みを浮かべた顔を向けた。

「今や妖怪どのに太刀打ちできるのは、この影二郎どのだけかもしれませんぞ」

太郎左衛門の言葉にもう一人の人物も大きくうなずいた。

「旗本下曾根信敦どのにござる」

この人物が高島門下、幕臣の中でも開明派の一人として保守派の鳥居耀蔵らと対立する人物であった。

「江川様、夏目どのが高島先生の身を守って下さるというのは真ですか」

「いかにもさよう」

と太郎左衛門が大きくうなずき、影二郎が、

「それがし、妖怪とは気が合いませぬ。俗に虫が好かぬというやつです」

と吐き捨てた。

「おおっ、これはわれらを勇気づけるご返答かな。宜しくお願い申す」

と高笑いした秋帆が影二郎におどけたように頭を下げ、影二郎が言った。

「鳥居の企みから逃げるには、長崎にお戻りになるのが宜しかろうと思いますが」

「それがそうもいかぬのです。私の知る知識で江川どの、下曾根どのに砲術の実戦指導するのには最低でも数日の時がいる。さらにこの二人が砲術指南に就き、開明派の旗本諸氏に指導できるようになるまでに一年、いや、二年は欲しい。だが、その時間がない。それに、長崎に戻っても安全とは言い難いのです」

「なんぞ理由がございますか」

「ただ今の長崎奉行伊沢政義どのと鳥居耀蔵どのは結託しておりましてな、あちらでも私が帰るのを待ち受けておるのです」

「なんとのう」

と答えた影二郎が、

「豆州にはいつ参られますな」

と話題を変えた。

「その調整がこの数日内につこうかと思います。下曾根どのを差し向けますので、よしなに願います」

「承知しました」

斎藤家での顔合わせは終わった。

三

影二郎は三番町通りを東に、田安御門方面へと屋敷町を下った。

陽射しが強い上に無風だ。

一文字笠を被っていたが、地面がちりちりと焼ける、そんな感じがした。

昼下がりの屋敷町は物音一つしなかった。

亡国の危難が国外から押し寄せてきているというのに、徳川幕府を守るべき直参旗本に覇気が感じ取れなかった。どの屋敷の構えからも緊張が欠如していた。

平時があまりにも長く続き過ぎ、武士が武士の本分、国を守る気概を失っていた、忘れていた。

斎藤弥九郎が指導する練兵館にも多くの旗本の子弟がいたが、なんのために剣を学ぶのか、そのことを考えた上で稽古に精進している者は少なかった。

水野忠邦の改革が失敗に終われば清国と同じ運命をたどることになる、異国の兵が江戸周辺に駐屯する事態を招くやもしれなかった。

そのことを当の水野がはっきりと把握しているのかどうか。

老中水野の政治手法は、鳥居耀蔵のようながちがちの保守派と江川太郎左衛門や高島秋帆のように外国事情に通じた開明派を競わせ、振り子の支点の役割を己が果たして、わが身の安泰を図ろうというやり方だ。

二百数十年の幕藩政治に培われた昔ながらの策で国難が乗り切れるとも思えなかった。

影二郎は、浪々の身のおれが思うたところで詮なき話よ、と考えてみたものの、まかり間違えば年老いた添太郎やいく、それに若菜たちが巻き込まれる話だった。

われら一人ひとりが歩むべき道を定めねばならぬとき、上も下も時代の変化を真剣に受け止めてはいなかった。翻って、

(おぬし、夏目影二郎はどうだ)

と内なる声が問うた。

（おのれはなんのために剣を振るうや）

数年前、萌のことで自暴自棄になった影二郎は、御用聞きと香具師の元締めの二足の草鞋を履く聖天の仏七を殺し、遠島の沙汰を受けて流人船の出船を待つ身であった。

一旦島流しに遭えば刑期なき罰法、それが遠島だ。江戸の中枢部が流人のことを思い出さないかぎり、鳥も通わぬ八丈島辺りで死ぬべき運命にあった。

実父常磐秀信の荒技で外に出され、一旦は捨てた命を拾った影二郎だ。小伝馬町の牢屋敷に繋がれる以前の考えで生きてよいわけもない。

だが、夏目影二郎には大義などない。

（なんのために剣を振るうや）

結局、この問いに行き着く。

影二郎の脳裏にふと浮かんだ。

おれはじじ様やばば様や若菜を守るために剣を学び、振るうのだ。それ以上のことはおれにとって瑣事よ、御城の連中が考えればよいことだ、と思いついた。

森閑とした屋敷町を内堀の火除地まで下ってきた。

行く手に大火除地、広大な弓馬稽古場が広がっていた。

土手が築かれ、木柵がある大馬場では一人の武士が馬の調練をしていた。

影二郎は見るともなく土手に上がり、松の木陰で一騎馬を駆る武士の動きを見詰めた。

着ている衣服から見て下級武士、厩番（うまやばん）かと思えた。だが、その手綱は鮮やかで見ていて飽きなかった。自由自在に馬を操り、自らも人馬一体を楽しんでいた。

かたわらに人の気配がした。

水芸人姿のおこまだ。

「高島秋帆様はお元気でしたか」

「鳥居の手も練兵館には向けられまい」

「いえ、妖怪どのは南町の密偵ばかりか、私兵まで動員して必死に行方を追っておられますれば、数日内にも気付かれましょう。斎藤先生と江川太郎左衛門様は兄弟弟子、高島様と江川様は砲術の師匠と弟子の関係にございますれば、練兵館にたどりつくのはそう難しいことではございますまい」

「うーむ」

おこまが手拭いで額に浮かんだ汗を拭った。すると若い娘のむせるような香りが影二郎の鼻に漂ってきた。

「国定忠治親分と一統の動きを関東取締出役中山誠一郎様に流しておいでなのは、小斎の勘助に間違いございません」

御用屋敷内の長屋に住むおこまはどのような手を使ったか、忠治が危惧したことを肯定する証拠を握ったようだ。

「中山様は昨日の昼間、御用屋敷に姿を見せられました。そこで小才次さんと中山様の動静を見張っておりますと、夕暮れ、御用屋敷を出られて板橋宿へと向かわれました。中山様は板橋宿に八州廻りの手下の小者を待たせておいででした。数刻後、夜陰に乗じて旅籠の裏口から中に消えた旅姿の渡世人がおりました」

「勘助か」

「はい。小才次さんが旅籠に忍び込みますと、中山様と勘助が二人きりで密談半刻余に及んだことが判明しました。ですが、話の内容までは聞き取れなかったそうです」

「中山誠一郎は敏腕の八州廻りよ、下手に近付くと火傷を負うわ」

はい、とうなずいたおこまが、

「密談の後、中山様は一人夜道を市中に戻られ、勘助は板橋宿から渡し場の方角行っていますへと姿を消しました、上州路に戻るのでございましょう。小才次さんが勘助を尾行ています」

「ご苦労であったな」

「中山様は御用屋敷に戻られ、その夜はお長屋に泊まられました。次の朝、南町奉行鳥居耀蔵様の内与力幡谷籐八様が御用屋敷に見えられ、中山様とお会いになったようです。その足で中山様は板橋宿に戻られ、手下を連れて関東取締出役の御用に出立していかれました」

「ようも短い間に調べがついたものよ」

「運がよかったのでございますよ」

「おこま、そなたも昼抜きであろう。〈あらし山〉に参り、なんぞ冷たいものでも食さぬか」

二人は大馬場を離れて、神田川へと下っていった。

〈あらし山〉では姉弟の朝顔売りから購った朝顔が陽射しにうな垂れていた。

二人の到来を知り、影二郎が朝顔に目を留めているのに気付いた若菜が、おこまに会釈し、

「明日にはまた元気のよい花を咲かせます」

と言った。

「昼餉を食しておらぬ、なんぞ食べるものはないか」

「それはお気の毒に。素麺ではいかがです」

「結構だな」

日盛りの刻限、さすが〈あらし山〉には数組の客しかいなかった。おこまは水芸の道具を土間の片隅に置いた。

先反佐常を腰から抜いた影二郎とおこまは内玄関に回った。

土間はひんやりとしていたが裏庭から生温い風が入ってきた。

「どこへ参ろうと、この暑さからは逃れられぬわ」

影二郎は刀を提げて居間に通った。すると開け放たれた隣座敷で添太郎が鼾をかいて昼寝をしていた。

「なんとも気持ちよさそうじゃな」

麦茶を運んできた若菜が、

「おじじ様を起こしますか」

「極楽におる人間を地獄に呼び戻すことはあるまい。構わぬ」

と笑った影二郎が若菜に練兵館を訪ねた経緯と出来事を語った。

「なんと練兵館のご門弟衆と立ち合われましたか」

「この暑さになんとも気の毒なことよ。十人を相手した上に最後には江川英龍様とも稽古をいたしした」

「なんと韮山の代官様と稽古ですか」

「昔とった杵柄、神道無念流の免許皆伝はなかなかのものであった」

「この暑さに韮山代官様も大変なことを思い立たれましたな」

若菜が笑ったところに、〈あらし山〉の小女がギヤマンの器に盛った素麺を運んできた。

「これは涼しそうな」

おこまが嘆声を上げた。

小女たちが二人の前に膳を置いて店に戻っていった。

「おこま様、昼抜きで御用など無理は禁物ですよ」

「若菜様、私は江戸で歩き回っているだけです。小才次さんは今頃中山道をどの辺りまで行かれたやら」

と小才次を気遣った。

「上州路までは行くまい」

「豆州行きも控えておりますれば、そこまで無理はなさりますまい」

おこまが応じて、頂戴します、と茗荷と白髪葱を薬味に刻み入れた胡麻だれに浸して一口啜った。

「口の中に涼味が広がり、なんともいえませぬ」

影二郎も箸をつけた。素麺を啜ると、日向を歩いてきて火照った体になんとも涼やかな喉越しで爽やかな気分になった。

鼾の音が変わり、添太郎が不意に起きた。

「なんだ、影二郎、来ておったか」

寝惚け眼でおこまを見て、

「おや、おこまさんも」

と言った添太郎が、

「千客万来の夢を見ておったようだ」

と呟き、恐縮の体のおこまがすまなそうな顔で応じた。

「昼寝の妨げをしたようですね」

裏庭に落ちる陽射しを見た添太郎が、

「半刻は寝ていよう。起きる時分でしたよ、おこまさん」

「おじじ様、一刻はたっぷりと寝ておられます」

と若菜に注意された添太郎が、

「なに、それほど寝込んだか」

「じじ様は、〈あらし山〉の開店などで疲れておられる。年も年のこと、無理はせぬことだ」

と影二郎が言ったところに先ほど素麺を運んできた小女の一人が姿を見せて、

「お侍をと影二郎様を名指しで小さなお子が訪ねてきておられます」

「おもよ、名乗ったか」

「二丁町(にちょうまち)の玉之助(たまのすけ)さんと名乗りました」

「ほう、玉之助がな、こちらに上げよ」

若菜がおもよと一緒に店へと戻ったが、すぐに顔中汗みどろの玉之助を伴ってきた。

「よくここにおると分かったな」

「旦那がいつだか小菊(こぎく)姉ちゃんにさ、実家は門前西仲町の〈あらし山〉だと言ったじゃないか、覚えていたんだよ」

「おお、そんなことがあったな」

女浄瑠璃師だった小菊は玉之助の姉だ。豪奢贅沢禁止令で仕事を失い、天ぷら屋で働く身だった。

若菜が井戸水で濡らして絞った手拭いを持ってきた。

「まず顔の汗をお拭きなさい」

玉之助は〈あらし山〉の勝手が分からず戸惑いの表情を見せたが、そこは芝居町で大人に混じって生き抜いてきた芝居小僧だ。

「姉さん、借りるぜ」

と手拭いを受け取ると顔から首筋へと汗を拭いた。

「汚れちまって、すまねえ」

と手拭いを返す玉之助に若菜が笑いかけた。眩しそうに若菜の笑みに首を竦めた玉之助が、

「旦那、綺麗な姉さんの多い家だな」

と家の内外を見回した。

「玉之助、おれが妾腹と承知しておるな。ここが亡き母の実家だ。小菊と同じように料理茶屋が停止に遭い、十文甘味に模様替えしたので若い娘が多いのだ」

「この綺麗な姉さんはだれだ」

と玉之助が若菜を指した。

「ここにおるのは皆家族同然の者ばかりだ、安心せえ」

と答えた影二郎が、

「玉之助、なんの用だ」

と用件を訊いた。

「そうだ、忘れていた。中村座の頭取が南町に捕まって、どこぞに連れていかれたぜ」

「鳥居め、まだ七代目團十郎の一件を根に持ってちょっかいを出しおるか」

影二郎はぎりぎりと歯軋りした。

歌舞伎役者七代目市川團十郎が江戸追放の憂き目に遭い、上方に難を逃れたのはこの六月二十二日のことであった。「歌舞伎十八番」を制定するなど歌舞伎に大いに貢献した七代目團十郎は、芸風も豪快なら私生活も愛妾を複数持つなど千両役者ぶりを遺憾なく発揮していた。

この暮らしが天保の改革を推し進める鳥居らの逆鱗に触れ、この沙汰となったのだ。

一方で折りしも江戸芝居界に大きな変革の波が押し寄せていた。

長年、二丁町として慕われた堺町、葺屋町から浅草の猿若町への移転が布告されていた。御城近くで歌舞音曲ならずというわけだ。

「中村座の頭取を捕まえたのは鳥居直属配下の者か」

「鳥居の手下かどうかそんなこと分かるかい。猿若町のよ、芝居小屋を造っているところに内与力の幡谷篠八というのが手下を連れて乗り込んだって話だ。芝居町では中村座の頭取が獄門台に晒されるって大騒ぎだ」

「内与力がのう」

影二郎が首を捻って、

「南町に連れ込まれたかどうかも分からぬか」

と訊くと玉之助が、

にたり

と笑い、

「旦那、芝居町で育った玉之助に抜かりはないよ。うちの姉ちゃんがよ、頭取がどこに連れていかれたか、あとを尾けていらあ」

「ほう、小菊がのう」

「猿若町に追い出されただけで芝居は痛手だ、だれもが客がこれまでどおりに来てくれるかどうか心配していらあ。七代目が上方に追い出され、今度は中村座の勘三郎頭取となると歌舞伎は終わりだぜ」

「おまえのお父つぁんも仕事はなくなるな」

「旦那、うちのお父つぁんだけの問題じゃねえんだよ」

と玉之助が苛立ったように叫んだ。

「分かっておる、玉之助」

と応じた影二郎が、

「若菜、玉之助に甘い物でも出してくれ」

若菜が心得顔に立ち上がった。

「旦那、なんぞ食っている場合じゃねえぜ」

「玉之助、落ち着け。小菊がな、吉報をもたらしてくれるまで、下手に騒がないことだ。鳥居の内与力がどこへ頭取を連れ込んだか、分かってから動いても遅くはあるまい」

玉之助は冷えた麦茶に蕎麦餅と白玉を食べて少しばかり静かになった。

じりじりとした昼下がりの刻限が流れていく。

「もう待てねえ」

と立ち上がる玉之助に、

「どこに行く気だ」

「どこって猿若町だ」

「猿若町に行っても中村座の勘三郎頭取はおられねえぜ」

「畜生」

玉之助がまた、どたりと、座敷に座った。だが、すぐに立ち上がろうとしたとき、いくが姿を見せ、

「町奉行所のお役人が見えておられますよ。今日は変な客ばかりだよ」

とぼやいた。

「町奉行所だと、だれか」

「牧野兵庫様と名乗られたかねえ」

若菜がすぐに表に立った。

南町定廻り同心を罷免された牧野兵庫は黒小袖に袴姿だった。

「北町のお奉行と会われたか」

影二郎がいきなり訊いた。

「そのご報告に参りました。遠山様が申されるには北町にはただ今定廻り同心に

空きはない。しばらく奉行直属の同心を務めよと命じられました」

北町奉行は江戸の庶民に人気が高い遠山金四郎景元だ。

また花形同心の定廻りは南北奉行所でそれぞれ六人と決まっていた。代々世襲が多い定廻りにすぐ空きなどあるものではない。

この定廻り同心を代々南町で務めてきた牧野は鳥居奉行のやり口と合わず、いろいろと難癖を付けられて罷免させられていた。

その牧野兵庫の身柄を北町の遠山に頼んで預けたのは影二郎だ。

「南町の定廻り同心から北町の定廻りといきなり移るのも差し障りがあろう。しばらく辛抱なされ」

「いえ、遠山様はあのようなお方、それがし、影同心の方が性に合っているやもしれぬと考えておるところです」

「牧野様、八丁堀は出られましたか」

とおこまが訊く。

「さすがに南町を致仕されては八丁堀にもおられず、一旦、町家に移りました。それもついでにお知らせに参ったところです」

「どこに引っ越されたな」

「祖父の代から昵懇の付き合いを重ねてきた呉服町の木綿屋鱗屋三右衛門様が、ご自分の家作に住まいを用意してくれました」

「鱗屋ならば木綿店の老舗、立派な家作もお持ちでございましょう」

「八丁堀ほど敷地は広くはございませんが、畳座敷も三間ございます。なんとか住まいできそうです。なにより北町に近いのがよい」

「それはよかった」

玉之助がいらいらする様子に影二郎が牧野に事情を説明した。

「ほう、妖怪奉行は中村座の頭取に狙いを付けられたか」

「内与力が動いたというのが訝しい」

と答えた影二郎に、

「旦那、姉ちゃん、遅くはねえか」

と玉之助が叫んだ時、いくが再び姿を見せた。

「今日は忙しいねえ。今度は影二郎、そなたに文が届いておるぞ」

「使いはだれですか、ばば様」

「横川の業平橋で小菊って娘に頼まれたとか、駕籠屋の兄いだよ」

といくが結び文を差し出した。

「やっと来たぜ」

玉之助が立ち上がった。

影二郎が急ぎ結び文を読み下し、

「ならば、玉之助、出陣いたそうか」

と腰を上げると黙っておこまも牧野も従う気配をみせた。

四

本所を南北に貫く横川は東西に流れる竪川に対する名称だ。

万治二年（一六五九）に本所奉行が指揮して開削を始めた運河で、北は中之郷八軒町から南へ竪川、小名木川、十間川と交差しながら一直線に木場二十間川まで達していた。

その長さは二千四百四十一間であったとか。

この横川に架かる業平橋から隅田川に西北に繋がる間を源森川と称した。

影二郎、牧野兵庫、おこま、それに玉之助の四人は東仲町から竹町之渡し場に出ると猪牙舟を拾い、隅田川を斜めに上がり、隅田川に注ぎ込む源森川の西口に達した。

源森川の右は中之郷瓦町（かわらまち）、左岸は小梅瓦町で両岸ともに瓦が地名に付く。それは元々百姓地だったものが町屋敷へと変えられたときに由来する。

耕地を取り上げられた百姓が窯（かまど）を築いて瓦焼きに活路を見出したことによる。後年には万古焼（ばんこやき）も製造されて、数十の窯が瓦を焼き続けていた。

その煙が数条、両岸から夕暮れの空に上がっていた。

猪牙が方向を緩やかに転じると長さ七間幅二間の業平橋が見えてきた。その昔、近くに業平天神の社（やしろ）があったことが橋名の起こりである。

玉之助が猪牙舟に立ち上がり、岸の左右を見回した。すると陽が没して濁った茜（あかね）色に染まろうという業平橋の上に細い娘の姿が浮かび上がった。

影二郎も一文字笠の縁を持ち上げてみた。

「小菊姉ちゃんだ」

と玉之助が安心した声を上げた。

小菊は橋の東詰に舟を着けるように手で合図した。猪牙舟が着けられ、影二郎が舟賃を払った。

その間に玉之助が船着場から河岸道に駆け上がり、

「頭取は大丈夫か、姉ちゃん」

とまずそのことを問うた。

「大きな声を出すんじゃないよ。頭取はまだ生きていなさる」

とちょっと得意げな姉が答えた。

小菊は水芸人姿のおこまと袴姿の牧野兵庫を見て、

「玉之助、旦那の仲間は奥山の芸人なのかい」

と訊いた。

「小菊さん、図星だわ。奥山の水芸人水嵐亭おこまよ、こちらは牧野兵庫様」

「ふうーん、この侍の得意芸はなんだい。がまの油売りかい」

「それがしか、生憎無芸でのう」

そこへ影二郎が上がってきた。

「小菊、ようやったな。中村勘三郎頭取を妖怪の手下なんぞに、好きにされてたまるものか」

「あたしも玉之助も二丁町で育った芝居者。頭取の危難を見逃せるものですか」

と小菊が胸を張った。

「旦那、この先に常泉寺があるのを知っているかえ」

「家宣様の養女の墓がなかったか」

と牧野兵庫が訊いた。

「だれの娘の墓があるかなんて知らないよ、ともかく大きな寺だよ。寺中の坊も多くてさ、そのいくつかが無住なんだ。その一つに中村頭取は連れ込まれたんだ」

「鳥居の内与力め、白昼に大胆なことをしおったな」

「玉之助とさ、たまたま猿若町の新しい芝居小屋を見物にいったら、お父つぁんたちが中村座の頭取が南町に引っ張られたなんて騒いでいるじゃないか。大人はだらしないよ、わいわい騒ぐだけでなんの役にも立ちゃしない。それで玉之助と手分けしてその行方を探したら、山之宿河岸で荷船に押し込まれている頭取の姿をちらりと見かけたんだよ。あたしは玉之助を探してさ、事情を話し、旦那の元に知らせに走れと命じたんだ。山之宿河岸から西仲町は近いからね」

「でかした、小菊」

「そんで通りかかった猪牙にありったけの金を払って乗せてもらい、荷船のあとを尾けたんだ。南町に連れていくんなら、話は別だ。南町の調べに、荷船に隠して川向こうへいくのも変じゃないか。こいつは鳥居とかいう奉行が勝手にやっていることだと小菊姉さんは推測したね」

「いかにもさようだ、小菊」

いつの間にか辺りは薄暗くなっていた。

「旦那、案内するよ」

と小菊が一行の先頭に立った。

この界隈は横川の他に小梅村を流れていた小川がいくつも走っていて地形が複雑だった。

小菊はそんな小川に架かる土橋をいくつも渡り、水戸中納言蔵屋敷の東側へと導いた。

「小菊、無住の坊に忍び込んだか」

「頭取がどこに押し込められたか、当たりをつけるために間を置いて入り込んだよ。元は本覚坊という寺坊さ。でも、話が聞けるところまでは近付けなかったんだ。まだ明るかったもの、それに頭取の声を聞いたからさ、元気だと見当つけて寺から這い出したところだ」

「それでよい」

「見張りの侍が、なんでも深夜に妖怪が訪ねてきて、頭取の始末を命じるとか、そんな話をしていたよ」

「間一髪だったな。内与力は何人手下を連れておる」

「南町の同心のような恰好をさせているがさ、あたしゃ、偽同心と見たねえ。野暮ったいもの、巻羽織が板についてないよ」

という言葉に、牧野が嬉しそうに笑った。

「旦那、この侍、嬉しそうだが気は確かか」

「小菊、牧野どのはつい最近まで南町の定廻り同心を務めておられたんだ。妖怪奉行と気が合わず、外に出られたばかりだ」

「出たんじゃなくて追い出されたんだね、どこかで見かけた顔だとは思っていたよ。お侍は南の定廻りだったのか」

「よしなに頼もう」

小菊が胸をぽんと叩いてうなずくと、

「そうそう、用心棒はね、猿若町に乗り込んできた七人と寺に五、六人いたからさ、十二、三人かねえ。内与力の他にだよ、血腥い稼業に首までどっぷりと浸かった連中さ」

「その数なればなんとかなろう」

「水芸の姉さんは役に立つのかい」

「おこま姉さんの腕前か。そのときになって小菊、驚くなよ」

と影二郎が闇でほくそ笑んだとき、小菊の足が止まった。

「ほれ、あの煙草の火が本覚坊の見張りだよ」

おこまが水芸の道具を肩から下ろし、身軽になった。

「影二郎様、しばらくお待ちを。中の様子を見て参ります」

常泉寺の寺中本覚坊の門前に影二郎らを待たせたおこまが、端折っていた裾を戻し、姉さん被りの手拭いを解くと婀娜な姿に変身した。

「おや、役者まがいに手拭い一つでこの姉様は変身するよ」

と小菊が驚きの声を発したときには、おこまは平然と闇に浮かぶ煙草の火に向かって歩いていた。

影二郎らが見ていると、おこまの影が見張りの侍に近付いていき、見張りは訝しそうな態度でおこまを眺め返していた。

見張りが突然門中に声をかけた。するともう一人仲間が出てきた。

最初の侍が煙管を吹かして煙草の火を明るくしておこまの顔を確かめようとした。

その瞬間、おこまの体が相手の内懐にするりと入り込むと拳で鳩尾を突き上げた。

「この女、なにをいたす！」

二人目が慌てておこまに飛び掛かった。

だが、大目付常磐秀信の密偵として、影二郎とともに幾多の修羅場を潜り抜けてきたおこまには通じなかった。慌てる様子もなく、相手の腕を肘で払うと拳を急所に叩き込んだ。

あっさりと二人の見張りが崩れ落ちた。

「人は見かけによらないよ」

と小菊が呟く中、おこまの姿は悠然と破れ寺の本覚坊の門内へ溶け込んだ。

蚊に襲われながらも、影二郎らは四半刻ほど待った。

おこまは消えた表門とは別の通用口から姿を現わした。

「鳥居奉行は半刻もすれば姿を見せるようです」

「中村座の頭取は元気じゃな」

「ぼそりぼそりと受け答えなさる声が頭取かと思います。連中の話を聞いておりますと、鳥居は中村頭取を見せしめに始末する気ではないかと思います」

「そんな無法をさせてなるものか」

影二郎が言い、おこまが、

「南町が賭場やなにかで捕縛した連中でしてね、鳥居に弱みを握られてどんな命でも聞かざるをえないようです」

「鳥居め、いろいろと策を弄し、手勢を集めおるわ」

「一統の頭分は、小野派一刀流神子上典膳の流れを汲むと自慢げな碧川達興と申す剣客のようです」

「大言壮語する男に大した輩はおるまい」

「影二郎様、声音からしてそう感じました。ただ……」

とおこまが言葉を切った。

「ひょっとしたら一人だけ凄腕の者が混じっているやもしれませぬ。その者、ひっそりとして声も上げませぬが、遠くに離れていても不気味な殺気を漂わせております」

「碧川の仲間か」

「いえ、違うと見ました」

「おこまが二人を倒したで、残りは十人ほどか」

「助勢いたします」

と牧野兵庫が鯉口を切り、影二郎が、

「おこまとそなたの二人がおれば、鳥居の姿を見る前に決着がつこう」

「旦那、忘れちゃこまる。小菊姉ちゃんと玉之助を忘れないでくんな」

「おまえたちはわれらの後詰だ。鳥居奉行が姿を見せるようならば知らせてくれ」

「あいよ」

と小菊が答え、

「あたしたちも本覚坊まで行くからね」

と言った。

「騒ぎに加わってはならぬ、門前までだ」

「あいよ」

おこまが水芸の道具から三味線の柄を抜き、仕込まれた刃物を袖に隠した。

「おこま姉さんの荷は、あたしたちが持っているよ」

「小菊さん、頼んだわ」

影二郎を先頭にして五人が無住の本覚坊の門前へと向かった。門前ではおこま

が倒した見張り二人が、

「ううっ」

と言いながら意識を取り戻したところだった。

影二郎が先反佐常を腰から鞘ごと引き抜くと鞘尻を鳩尾に突き立て、再び気を失わせた。

影二郎はなに事もなかったように門内へと足を踏み入れた。参道の左右から伸び放題の夏草が垂れ下がっていた。

影二郎はずんずんと進む。

その後方に牧野兵庫とおこまが従い、さらに後ろから門前に残れと命じられた小菊と玉之助の二人が従ってきた。

影二郎の行く手の左右に人の気配がした。

影二郎は足を止めることなく、踏み込みざまに左手に提げていた法城寺佐常刃渡り二尺五寸三分を抜き打った。

夏草から槍の穂先が突き出されたのと、大薙刀を刀に鍛え直した反りの強い豪剣が左右に振るわれ、槍の穂先が切り落とされたのが同時だった。

柄だけを握った二人の偽同心が姿を見せた。

「おのれら、生きておって世のためになるとも思えぬ、地獄へ参れ」

と片手斬りに先反佐常が振るわれ、槍の柄で対抗しようとした二人の首筋が斬られ、きりきり舞いに倒れ込んだ。

影二郎は参道を走った。

牧野もおこまも続いた。

小菊も玉之助も負けじと走った。

本覚坊の荒れた玄関口から数人の影が飛び出してきた。

影二郎の先反佐常が再び片手斬りに振るわれ、二人三人と玄関先に倒れ込んだ。

そこで影二郎は鞘を腰に戻した。

影二郎の背後に控えていた牧野兵庫とおこまが本覚坊の横手と後ろに回った。

ふと気配を感じた影二郎は後ろを振り向き、小菊と玉之助が従っているのを見た。

「付いてきたか」

「旦那、おれたちも一緒に頭取を助けに行くよ」

と玉之助が言う。

「いたし方あるまい。おれの後ろを離れるでない」

影二郎は二人の姉弟を従え、破れ寺の本堂へと踏み込んだ。

板敷きの本堂になに一つ仏具はなかったが、阿弥陀如来が一体だけ残されていた。そして、本堂の柱に中村座の頭取中村勘三郎が後ろ手に縛られて座らされていた。

「夏目影二郎とはその方か」

とかたわらの羽織袴の剣客が抜き身を構えて誰何した。

「いかにもそれがしが夏目影二郎だ。そなたは」

「鳥居様の親衛隊頭分の碧川達興じゃあ」

「神子上典膳様の流れを汲むと豪語しておるそうな」

「承知か」

得意げに胸を張った碧川が抜き身を中村勘三郎に突きつけた。

「刀を捨てよ」

影二郎は先反佐常に血振りをくれて鞘にゆっくりと納めた。

そのとき、ひっそりと本堂の隅に控えて茶碗酒を口に含む剣客が目に留まった。

(なんと……)

と心の中で呟いた。

その昔、あさり河岸の若鬼などと影二郎が呼ばれる以前、

「士学館の虎」

と呼ばれ、師匠も手を焼く猛者がいた。

串木野虎之輔だ。

先代師匠の下、桃井春蔵と兄弟のように育ち、腕を競い合った仲だが、忽然としてあさり河岸から姿を消した人物だった。殺伐とした暮らしを想起させて痩身も相貌も荒んでいた。それだけに全身から静かな凄みが漂っていた。年は四十半ばを過ぎているはずだ。だが、一見、還暦に近い老剣客に見えた。

おこまが凄腕の剣客と察した人物だ。

串木野は影二郎を認めたかどうか、酒を呑み続けていた。

「夏目様、驚きましたぜ」

と柱に縛られた中村勘三郎が言った。

「七代目團十郎を六郷の渡しに見送ったばかりで頭取までも失いたくないでな」

「あさり河岸の鬼は、わっしらの味方だねえ」

頭取の声に串木野の顔が上がり、影二郎を見た。

影二郎は串木野だけに分かる会釈を送ったが、串木野の顔にはなんの変化も見えなかった。

「早くいたせ」

碧川が苛立った。

「阿弥陀様の前で笠を被っていたとは、礼儀知らずも甚だしいかな」

影二郎が呟きながら、紐の結び目に左手をかけ、もう一方の手で一文字笠の縁を触った。

竹ひごで形を整えられた笠の骨の間には萌の形見の両刃の唐かんざしが差し込まれていた。飾りの珊瑚玉に手がかかり、それが捻られ、

「えいいっ！」

という気合と一緒に珊瑚玉の唐かんざしが虚空を飛んで、碧川達興の片目に突き立った。

「ぎええっ！」

と絶叫する碧川の元へ影二郎が飛び込み、納められたばかりの先反佐常を引き抜き、碧川の脇腹から胸部へと斬り上げた。

残った仲間が影二郎を囲んだ。

それをおこまと牧野兵庫が牽制した。

その瞬間、なにを考えたか、串木野虎之輔が手元の行灯を手で払い倒した。

本堂の板の間にさっと火が燃え広がった。

影二郎に襲いかかろうとした剣客たちが炎に身を引いた。

おこまが中村勘三郎頭取に駆け寄り、縛られた縄目を仕込み三味線の刃で切った。

「姉さん、どなたか存じませんが、お礼を申しますよ。命拾いをいたしました」

と頭取が悠然と礼を述べ、影二郎が、

「そろそろ妖怪が姿を見せる頃合だ。われらは引き揚げようか」

影二郎の言葉に牧野らがうなずき、頭取を囲んだ。

影二郎はそれまで串木野虎之輔が座っていた場所を見た。

徳利と茶碗が転がっているばかりで、忽然と姿を消していた。

炎は建具を伝い、天井へと這い上がっていた。

「引き揚げじゃ」

影二郎らは炎を逃れて隅田川へと走り下っていった。

第三章　死者の山

一

夕立が繰り返し降る日々が続いた。日中の暑い陽射しを吹き飛ばすような豪雨が短くざっと繰り返した。

江戸の人々はこの豪雨を待ち望んでいた。乾ききった町が潤い、明け方まで涼しさが残ってくれるからだ。だが、そんな干天に慈雨は三日で終わり、また暑い日々が戻ってきた。

影二郎は長屋で大人しく過ごしていた。うだるような暑さが漂う夕暮れ、あかを伴い、大川端の河岸道を浅草寺門前西仲町の〈あらし山〉へと上がった。

大川の流れに納涼船が出ていた。

豪奢贅沢禁止令を推し進める水野忠邦だが、この暑さに人々は抗し切れないようだった。もっとも屋根船など夕涼みの船を用意できる人間は、幕閣や大名家の留守居役、豪商たち一部の階級で、庶民にはなんら関わりもなかった。

船を雇えない連中の楽しみはささやかだ。湯屋で仕舞い風呂に浸かって汗を流し、川岸に涼を求めて散策したり、縁台を持ち出して酒を呑んだり夕餉を食したりすることだ。

〈十文甘味あらし山〉には緑陰に通る風とささやかな贅沢を求めて集う男女の客が大勢いた。

影二郎は朝顔に目を留めた。

新しい鉢が増えているようで見覚えのない花もあった。

「おかよ様、修理之助様の姉弟が見えられ、何鉢か置いていかれました。母者からお代を頂いてはならぬと厳命されたとか。支払うのに一汗掻きました」

と影二郎とあかの姿を認めた若菜が急いでやってきて説明した。

「朝顔市にも出ておられるようで、御徒町の千吉親分も姉弟には手を出さないそうです」

「それはよかった」

影二郎の目は〈あらし山〉の賑わいにいった。

「ほう、珍しい御仁がおられるわ」

「お知り合いでしたか」

「その昔、桃井道場の兄弟子であった」

「ならば奥へお招きいたしましょうか」

「お望みではあるまい」

庭の片隅の縁台で串木野虎之輔がひとり座って酒を呑んでいた。

数日前、中村座の勘三郎頭取救出では串木野が倒した行灯の炎で助けられていた。行灯から燃え移った炎は常泉寺本覚坊の荒れた本堂を焼いただけで鎮火した。

影二郎は一文字笠と先反佐常を若菜に渡し、

「若菜、あかになんぞ与えてくれぬか」

と頼むと串木野虎之輔の元へ歩み寄った。そしてなぜ串木野が〈あらし山〉を訪れたか、思い迷った。

当然、影二郎の実家と承知して〈あらし山〉を訪れたと考えたほうが理屈にかなう。ということは未だ串木野が鳥居耀蔵の雇われ刺客を務めているということではないか。

「串木野様、過日はお助け頂き、お礼を申し上げます」

じろり

と串木野の目が影二郎を見た。

串木野の剣は縁台に置かれていたが、脇差だけの影二郎は抜き打ちに備えて間を取っていた。

「助けた覚えはない、夏目」

「串木野様になくとも、それがしは恩を感じております」

「迷惑な」

「串木野様があさり河岸の士学館から姿を消されて長い歳月が過ぎました。門弟衆の間ではなぜ串木野様があさり河岸を離れられたか、いろいろと揣摩臆測が飛び交いました」

「そなたは常磐家から出戻ってきた折りで、まだ前髪を残していたな」

「生意気盛りにございました」

串木野は徳利を持ち上げ、器に酒を注いだ。だが、もはや酒は入っていなかった。

「新しい酒をお持ちしますか」

「余計なことをいたすでない。おれはおれのやり方で世の中を生きると決めてあさり河岸を出たのだ。だれにも強制はされぬ」

串木野は片手を懐に突っ込み、二合分の酒代を出すと縁台に放り出した。

「そなたがあさり河岸の鬼と呼ばれる剣術家に育とうとは考えもしなかった」

「それがしも桃井春蔵先生の元を離れました」

と影二郎が言った。

「事情は察しがつかんでもない。おれもそなたもあさり河岸の器では満足できなかったということよ」

と言うと串木野が剣をつかんで立ち上がった。

「御用があって〈あらし山〉に立ち寄られたのではありませんか」

「夏目、一宿一飯の恩義を受けたからには、そうそう簡単に離れられるものではない」

串木野は鳥居耀蔵の刺客であることを言外に告げていた。

「改めてお会いすることになりますか」

「そなた次第」

「それがしは串木野様次第と思えます」

眠ったような両眼がゆっくりと見開かれ、そして、細く閉じられた。

その瞬間、すうっ、という感じで〈あらし山〉の庭から、

「士学館の虎」

が姿を消した。

「お帰りですか」

若菜の声がした。

「帰られた」

二人は串木野が出ていった枝折戸を見詰めた。

「鏡新明智流の剣を継承するべき人は串木野様であったかも知れぬ。だが、ああなっては……」

辺りに血と死の臭いが漂い残っていた。

若菜は黙って身を竦めた。

胸の不安を口にすれば忽ちただ今の幸せが崩れて消えそうな気がしたからだ。

その代わり、

「店はもうしばらく暖簾を仕舞えませぬ。湯殿でさっぱりなされませぬか」

と若菜が言った。

影二郎が〈あらし山〉の湯殿で水を被り、脱衣場に出されてあった下帯と浴衣に着替えて居間に行くと、添太郎が煙管に火を点け、煙草を吸おうとしていた。

「そろそろ最後の客も帰ろう」

「ご苦労にございましたな」

「今日は夕立が訪れぬによって客足が絶えなかった」

「ありがたいことではございませぬか」

と影二郎が答えるところに若菜が、

「本日は珍しいお方ばかりが姿を見せられます」

「だれが参ったな」

「旅仕度の蝮様が」

「なんと夕暮れに蝮が這い出してきたか」

「影二郎、残った客が嚙まれてもならぬ。早く始末しておくれ」

と添太郎が慌てた。

「じじ様、慌てることはない。蝮と申しても人間だ」

「なんだ、人様でしたか。紛らわしい名前を付けられるもんだ」

影二郎は気軽に立つと、もはや客がいなくなった店に戻った。小女たちが店の後片付けをしていた。

そんな中、縁台に幸助が座っていた。腰に長脇差を差したまま、茶を喫していた。

「蝮、上州路に戻るか」

振り向いた幸助が、

「南蛮の旦那、八州廻りばかりか鳥居の配下までもが塒（ねぐら）の周りをうろつきやがる。小斎で遣り残したこともあるでな、戸田の渡しを今夜のうちに越える」

勘助の始末に戻ることを示唆した。

「別れの挨拶に参ったか。律儀じゃな、蝮」

幸助はしばらく影二郎の言葉には答えず、

ふうっ

と息を吐いた。

「近頃、親分は弱気になっていなさる。いつ、国定忠治捕縛の知らせがおまえさんの耳に届いても不思議ではあるめえ」

「それで今生（こんじょう）の別れを思いついたか。人間、自ら弱気になるのが一番いけないな。そう忠治に伝えてくれ」

苦笑いした幸助が、

「旦那、そいつを乗り越えられねえのが人間だ」

と神妙な顔で答え、

「忠治にそんな可愛げなところがあるとは思わなかったぜ」

と影二郎が苦笑いした。

「妖怪奉行だがな、あやつ、柳橋の料理茶屋〈満月〉に芸者を呼ぶことがある。元旗本三矢参右衛門の娘でな、年は二十一、名はお軽だ。妖怪に弱みがあるとしたら、三矢のお軽に惚れたことだぜ」

「女か、そいつは使いたくない手だ」

「南蛮の旦那の泣き所、弱みは、女子供への過ぎた憐憫ってやつだ。お軽には二人の兄がいて、なかなかの腕前ということだぜ」

「蝮、ありがたく聞いたと忠治に伝えてくれ」

若菜が大ぶりの酒器二つに酒をなみなみと注いで運んできた。

「姉さん、頂戴しよう」

幸助が白磁の酒器をつかみ、影二郎も手にした。

「達者で暮らせ、蝮」

「蝮はそう簡単には死なないものよ」

二人は酒器の縁に口を付け、一気に呑み干した。

「お達者で」

「いいか、親分に義理を立てるのはこの世までだ。あの世へ忠治と渡世旅することは考えるな」

「覚えておきますぜ」

三度笠、道中合羽に身を隠した蝮の幸助の姿が〈あらし山〉から消えた。

居間で添太郎、いく、若菜、それと影二郎は膳を並べて、食事を摂った。添太郎と影二郎は熱燗の酒を銚子一本呑み分けた。

「影二郎、十文甘味がこれほど繁盛するとは考えもしなかったよ」

添太郎がわずかな酒に顔を火照らせて言った。

「じじ様、なんでもうちを真似た甘味処が続々と開店しているそうです」

「なにっ、うちの競争相手が出てきましたか」

「じじ様、うちは元祖、甘味の味も女衆の接待も負けませぬよ。お客様に食べ比べてもらうのも一興ですって」

といくが言う。

「確かに元祖の十文甘味は〈あらし山〉です。横綱相撲で受けましょうかな」

「いくら南町奉行所でも、一品十文では文句の付けようもございますまい」

と若菜が応じた。

「知恵者の妖怪どののことだ、安心はできぬ。どのような手を使うやもしれぬぞ」

と影二郎が答えたところに、閉じられた筈の〈あらし山〉の門扉が、
どんどん
と叩かれた。

若菜が立とうとするのを制して、

「今日は確かに変な日だ」

と言い残して影二郎が表に向かった。

〈あらし山〉は料理茶屋だった名残で、町家には珍しく屋根付門が備わっていた。

「だれか」

門の内側から外に声をかけると、

「やはりこちらでございましたか」

と小才次の声がした。

急いで閂を外すと扉を開けた。すると影二郎の南蛮外衣を腕に垂らした小才次が旅姿で立っていた。

「八州廻り中山誠一郎を尾けていたのであったな。なんぞ異変か」

「草加宿で中山の旦那と小斎の勘助が合流いたしました。天井裏を伝って八州様の座敷の上に近付きますと、どうやら忠治親分と一統を八寸村に誘き寄せて一網打尽にする企てができておる様子にございました」

「しまった、忠治らは江戸を離れて上州に戻りおったぞ」

「一足遅うございましたか」

と小才次ががっくりと肩を落とした。

「小才次、これで忠治一家が中山の手で捕縛されるようなれば、忠治にはそれだけの運しかなかったのよ。いたし方あるまい」

影二郎は腹を括った。

「そうでもございましょうが」

「それに忠治も只者ではないわ。そう簡単に八州廻りの手に落ちるとも思えぬ」

影二郎は蝮の幸助が別れに立ち寄った様子が気になったが、そう答えていた。

「そなた、おれの長屋に立ち寄ってきたようだな」

「それでございますよ。御用屋敷に戻りましたところ、菱沼の旦那がこう仰いました。妖怪様がすでに高島秋帆様が練兵館に潜んでおることをつかんでいる様子、そのことを練兵館の高島様に伝えますと、ならば今夜のうちにも江戸を離れ、豆州韮山に移ろうということになりました。菱沼の旦那とおこま様は高島様一行を付かず離れず見張って、伊豆に向かう手筈です」

「どこで落ち合うのか」

「六郷の渡し場でございます」

「小才次、そなた、夕餉は食したか」

「いえ」

「おれが旅仕度する間、なんぞ用意させよう。腹が減っては戦もできまい」

影二郎が小才次を伴い玄関を入ると、若菜が心配そうに外の様子を見ていたようで立っていた。

「若菜、小才次に夕餉を急ぎ仕度してくれぬか。これよりわれら豆州韮山へ高島秋帆様と急ぎ旅に出ることになった」

「急ぎならば握りめしを作りましょうか」

「若菜様、膳を前にしても落ち着きませんや。握りを一つ二つ拵えて下さいな、道々食って参ります」

その答えに若菜が台所に消えた。

半刻後の四つ（午後十時）前、あかを伴った夏目影二郎と小才次の姿は今戸橋にあった。柳橋と今戸橋の間には吉原通いの遊客を運ぶ猪牙舟が引け四つ（午前零時）近くまで往来していた。そこで猪牙を品川宿外れまで雇おうと考えてのことだ。

小才次の手には若菜が用意した握りめしと徳利、茶碗などが風呂敷に一包みにされていた。

果たして今戸橋には帰り客を狙う猪牙が集まっていた。

「たれぞ品川宿外れまで行ってくれぬか」

という影二郎の声に若い船頭が、

「わっしが行きますぜ、〈あらし山〉の若旦那。その代わり酒手を弾んでくれませんか」

「おれを承知か」

「犬を連れたあさり河岸の鬼を見間違う人間もいませんや」

影二郎を見知った船頭だった。

「よかろう」

話が決まり、影二郎と小才次とあかは猪牙に乗り込んだ。きびきびとした動作で船頭が舫い綱を外し、杭を手で押して棹に替えた。

隅田川の流れに乗ったところでさらに櫓に替えられた。猪牙は流れに乗り、ぐいぐいと夜の水上を下り始めた。

「小才次、待たせたな。腹を満たせ」

「へえっ」

小才次が包みを解くと影二郎に茶碗を握らせた。

「お付き合い下さい、一人だけじゃ美味しくもない」

徳利の酒が二つの茶碗に注ぎ分けられた。

あかは舳先の船底に自分の居場所を見つけ、横たわった。利根川河原で影二郎に拾われたあかは、主に従い、諸国を経巡り、旅慣れていた。

「頂きます」

喉が渇いていたか、小才次がきゅっと喉を鳴らして呑んだ。

「影二郎様と旅に出るのは久しぶりのような気がします」

小才次の言葉に喜色があった。

「いつも御用旅だ。のんびりと物見遊山の旅がしたいものよ」

「旦那には似合いませんや」

と言いながら竹皮包みを開いた小才次が嘆声を上げた。

「若菜様は握りばかりか煮しめに焼き魚、香の物とまるで花見弁当のようなものを作って下さいましたよ」

「えらく時間がかかると思うていたが、たまには贅沢もよかろう。船旅に酒、肴、文句があるなれば江戸町奉行所御禁令取締隊でもなんでも連れてこい」

「へっへっへ」

と小才次が嬉しそうに笑った。

影二郎は中山道を上州へと戻る国定忠治の一行を、ふと脳裏に思い描いた。

伯父の勘助を仕留めるか、八州廻りの中山誠一郎の罠に落ちるか、上州路も風雲渦巻いていた。

国難が襲いかかっているのだ。

影二郎は国のあちらこちらで内輪揉めをしている時ではないがと思った。だが、高みの見物も性分に合わぬ、自らの考えどおりに動くしかあるまいと、手にしていた茶碗の酒を呑み干した。

二

大川河口から江戸湊に出た辺りで風が変わった。順調に下ってきた猪牙は向かい風に晒されて進みが鈍くなった。

若い船頭も櫓を必死で操るが、なかなか進まない。

「兄い、潮目も変わり、波も出た。猪牙をどこぞ河岸に着けてもいいぜ」

「旦那、こちとら一旦客と約定したことを反古にしたことはねえお兄いさんだ。人足寄場と鉄砲洲の間は時間によっちゃあ、波も立つ。だがな、佃島を抜ければ、そいつも治まる。約束どおり品川宿外れまで送らせてくんな、途中で降りられたんじゃあ、気分が悪いや」

「余計なことを申したな」

船頭の言葉どおり、寄場ノ渡しから佃ノ渡しを横切ると波が一定方向に落ち着き、再び猪牙は岸から数丁沖を品川宿へと滑るように進み始めた。

品川大木戸の明かりが波間にちらちらし、品川宿が見えてきた。

「品川の駅は東都の喉口にして常に賑しく、旅舎軒端をつらね酒旗、肉肆、海荘をしつらへ、客を止め賓を迎ふて、糸竹の音、今様の歌艶しく、渚には漁家多く肴わかつ声々、沖にはあごと唱ふる海士の呼び声、おとづれて風景足らずといふことなし」

と『東海道名所図会』に記されたように、天保期、旅籠百軒、飯盛女千五百人という繁盛ぶりで江戸四宿の筆頭を誇っていた。

だが、夜半九つ（午前零時）近くになって、さすが明かりを落として眠りに就いていた。

猪牙は紅葉で有名な海晏寺の黒々とした森を見て、海岸へと寄せられていった。するとどこで撞くのか、九つの時の鐘が海上の影二郎らの耳に尾を引いて響いてきた。

猪牙の舳先が小石の浜に着けられ、影二郎は船代二分を渡した。

「帰りは無理をいたすなよ」

「へえっ、旦那方も夜道の旅だ、気をつけなすって。徳利なんぞは明日にも〈あらし山〉に届けておきますぜ」

「造作をかけるな」

あかが浜辺に跳んだ。

影二郎と小才次も舳先から浜に跳び、小才次が舳先を両手で押して猪牙を海へと戻した。

二人と一匹は猪牙が向きを変えるのを確かめ、海岸から東海道に上がった。

この界隈はすでに品川宿外れ、朱引の境だ。海から来た二人を怪しんだか、漁師の家に飼われていた犬が吠えた。

影二郎は南蛮外衣を左肩にかけ、一文字笠の紐を締め直した。川崎宿までは二里半（約九・八キロ）だ。その手前に六郷の渡しがあった。

旅慣れた二人は黙々と南行した。

あかが警戒の低い唸り声を発し、耳を立てた。

「おや」

と小才次が呟いた。

「夜盗とも思えぬ」

と影二郎が掛け合った。

大井外れの川に架かる浜川橋、別名涙橋あたりのことだ。

鈴ケ森の刑場へと送られる罪人が家族と泣き別れする橋だった。

橋辺りから二人に監視が付いたのだ。

この界隈、道中本にも、

「夜みちつつしむべき所也」

と書かれるほど寂しく、危険な場所だった。

「夜道を急ぐ、犬連れの男二人を襲おうって野郎はいないと思いますがねえ」

と小才次が首を捻った。

「闇が覆った街道を行くのは魑魅魍魎か夜盗の類、仲間同士が鉢合わせしても稼ぎになるまい」

「そのうち消えてなくなりますよ」

と二人は忍び声で会話しながらも足は緩めなかった。だが、数丁進んでもひたひたと尾行する足音は消えなかった。

「七、八人はおりますね」

「となると、鳥居の配下の者が高島秋帆どのの韮山行きに早気付いて追ってきたか」

「そんなところでございましょうか」

「糞にたかる蠅、ちと五月蠅いわ」

影二郎の目に「和中散」と書かれた大看板を上げた薬屋の大きな店構えが、常夜灯の薄い明かりに浮かんで見えた。

この店、庭に多くの梅の木を植えて、春になると街道に梅の香を漂わす梅屋敷としても有名だった。

二人とあかはその路地の闇に姿を没しさせた。

大店の黒板塀に張り付くように待っていると急に乱れた足音が響いて、

「どこへ行きやがった」

「気付いてやがったか」

と言い合う声がした。

「練兵館から逃げた長崎町年寄を追ってきたら、思いがけなくも夏目影二郎の姿を認めた。こいつはしめたと後を尾行したはいいが、ここで逃がしてはなんにもならねえぜ」

南町奉行所から鑑札を受けている御用聞きか、手先の他に二人の浪人を連れていた。旅仕度ではないところを見ると、高島秋帆の消えたことを知った鳥居が八方に探索方を飛ばして、その行方を知ろうとしている手先の一組のようだった。

「親分、六郷の渡しは明朝六つにしか開かないんだ。高島って長崎野郎も最前の野郎も、六郷に網を張っていれば姿を見せますって」

と子分の一人が言った。

「馬鹿野郎、六郷の渡しだろうがどこだろうが、銭を使えば抜け道はいくらもあるんだよ。江戸を逃げ出し、長崎に戻ろうって野郎がのんべんだらりと渡し場で一晩待つものか。とっくに川崎宿に渡っていらあ」

「親分、おれっち、どこまで高島って野郎を追うんだい。この恰好だぜ」

「黙りやがれ。夏目影二郎を見付けたのは、天がおれたちを見捨ててないってことなんだよ。野郎にぴったりと張り付けば、高島秋帆の行方も自然に知れる寸法だ」

「親分、あいつは大目付の倅だっていうじゃないか」

「馬鹿野郎、びびるねえ。こちとらは今を時めく妖怪奉行鳥居様の直々の命で動いてんだ。大目付の倅だろうがなんだろうが構うこっちゃねえ」

と御用聞きの親分が街道の左右の闇を透かし見た。

そのとき、影二郎が、すいっと姿を見せた。

「出やがった、親分！」

子分の一人が叫び、手にしていた十手を構えた。

「十手持ち、名はなんと申す」

「夏目影二郎だな、おれは隠密廻り同心の旦那に鑑札を頂いた大和屋一八よ」

「江戸にこのまま踵を返して戻らぬか」

「てめえと出会ったのは天の配剤だ。ご褒美が出ようという話を見捨てられるものか」

「一八、そなたは事情に疎いようだな。たった一つの命を失うような真似はしないほうがいい」

「しゃらくせえ」

と一八の合図で手先と浪人たちが影二郎を囲んだ。

懐手の小才次とあかは軒下から高みの見物を決め込んでいた。

「近頃、南蛮外衣も出番がなくてな、三好町の市兵衛長屋で無聊を託っていたというやつだ。ちいと世間の風に当たらしてやろうか」

影二郎は半円に囲んだ一八らを見回し、右手を南蛮外衣の片襟にかけた。

「ぐだぐだと吐かしやがるぜ。構うこっちゃねえ、押し包んでぐるぐる巻きにして南町まで神輿のように担ぎ込むぜ。先生方、先陣を頼もうか」

「一八、怪我を負わせてもよいのだな」

「息の根だけは止めないでくんな」

「承知した」

影二郎の前に二人の剣客がするすると出てきた。破れ笠を被り、風雪に耐えた道中袴に草鞋掛け、無精髭の顔は陽光に灼けていた。廻国修行か、江戸に入って最初にありついた仕事のようだ。

「天心夢想流埴生新五郎」

「タイ捨流日高至天」

と名乗りを上げた二人が影二郎に一間半（約二・七メートル）へと詰め寄った。

「そなたら、江戸の政情に疎いようだな」

「疎かろうと詳しかろうと、そなたの始末料に変わりはない」

「愚か者めが」

影二郎の言葉に挑発された二人が剣を中段と脇構えで踏み込んできた。

その瞬間、南蛮外衣の襟にかかっていた影二郎の右手が下方へ引き抜かれ、さらに手首の捻りが加えられた。

左の肩から滑り抜かれた南蛮外衣が大輪の花を咲かせた。

黒羅紗の表地に猩々緋の裏地が波打って広がり、裾の両端に縫い込まれた二十匁（七十五グラム）の銀玉がまず日高の横鬢を殴りつけ、さらにもう一端が埴生の眉間に叩き込まれた。

影二郎が力を失おうとする南蛮外衣に捻りを加えて蘇らせた。

黒と緋が炎のように立ち上った。

その下で埴生と日高が、

どさりどさり

と倒れた。

「やりやがった！」

と十手を構えた大和屋一八が影二郎に向かって突っ込んできた。

宙にあった炎が崩れ落ちて一八の小太りの体に巻き付いた。

「うっ」

と一八が呻き、影二郎がさらに捻りを加えた。

一八に絡み付いていた南蛮外衣が解かれて、一八が独楽のように回りながら姿を現わし、頭と体を奇妙に振って腰から萎えたように転がった。

残った子分たちは言葉もなく呆然としていた。

「大した怪我ではないわ。早々に江戸に連れ戻れ」

影二郎が命じると、がくがくとうなずいた。

「小才次、参ろうか」

「へえっ」

二人の旅人とあかは後も見ずに薬屋の前から六郷の渡しへと急いだ。

四半刻後、影二郎らは六郷土手を降りていた。

流れは穏やかで三日月のように薄い月が水面に映っていた。

河原は無人で当然のように渡し場は閉じられていた。

「どこぞにだれかおられる筈です」

と小才次が辺りを見回す視線の先に三味線を抱えた女が姿を見せた。

水嵐亭おこまだ。

あかが嬉しそうな鳴き声を河原に響かせた。

「おこま、待たせたか」

「私どもも一刻前に着いたところですよ」

「高島秋帆どのは無事か」

「父や下曾根様方と川向こうに渡られました」

「鳥居は高島どのが練兵館を抜け出られたことをすでに承知じゃあ。長崎に戻ると推測しておるようだ」

「その間に伊豆に走りますか」

「何日無事でおられるかのう」

と呟いた影二郎におこまが告げた。

「江川様は間を空けて韮山に戻られるそうにございます」

「いずれ伊豆で一騒ぎあろう」

おこまがうなずき、

「船を用意させてございます」

と影二郎らを下流へと導いた。そこには頰被りした川漁師と思える男が待っていて、

「素吉(もときち)さん、お待たせしましたね」

と詫びると男がぺこりとうなずき、葦(あし)の間に隠してあった船を水辺に押し出そうとした。

小才次が手伝い、漁師船が流れに浮かんだ。

六郷川は、上流では多摩(たま)川と呼ばれた。

「六郷川船渡し、此川は玉川の下流にて、八幡塚より川の渡し也。享保年中（一七一六〜三六）田中丘隅といへる人の工夫により洪水の災を除かんが為に橋を止めて船渡しにせしと也」

と『旅鏡』にはあるが、実際に橋が船渡しに変わったのは元禄四年（一六九一）のことだ。

むろん船渡しは刻限が決められ、夜間の通行は禁じられていた。

密偵稼業を続けてきたおこまは、夜間に関所や川渡しを抜ける方法をいくつも承知していた。

影二郎らを乗せた漁師船は川崎宿の渡し場より少し下流に着岸した。

「素吉さん、ありがとう」

おこまが礼を言うと川漁師はうなずいただけで船を対岸へと戻していった。

「高島様方は八丁畷の鍛冶屋で仮眠しておられます。影二郎様方と合流して、朝立ちするか夜旅を続けるか決めると話されておられました」

「まずはお会いしよう」

川崎宿から半里ほどの八丁畷の鍛冶屋は江川太郎左衛門家と古い付き合いだという。なにかあれば使うようにと太郎左衛門が指示したとか。

おこまがこつこつと裏戸を叩くとすぐに菱沼喜十郎が起きてきた。

「影二郎様、ご苦労に存じます」

「高島どのは休んでおられるか」

「いえ、影二郎様がお見えになるまでは起きておると仰って話などしていたところです」

鍛冶屋の一家は仕事場の一角に設けられた休み所を高島秋帆らに提供したらしい。

板の間に高島と下曾根、二人の従者の小者がいた。

「夏目様、お世話になり申す」

「なんのことがございましょうや」

と答えた影二郎は梅屋敷の一件を一同に告げ、

「早晩、鳥居の追捕の手が六郷川を越えてこちらにも及ぼうと思う。鳥居は高島先生が長崎に戻ると見ておる様子、その間に韮山に急いだほうがよかろうと思う」

と夜旅を勧めた。

「それなれば、これからすぐにも」

一行は旅仕度を整えた。

「影二郎様、御前から預かり物です」

と喜十郎が袱紗包みの路銀を差し出した。影二郎は重さで包金（二十五両）四つと判断し、

（命がけの御用にちと少ないわ）

と思いながらも懐に納めた。

八人と犬一匹となった高島秋帆一行は、川崎宿八丁畷の鍛冶屋をひそかに抜け出ると、東海道をまず神奈川宿を目指した。

川崎と神奈川宿は二里半（約九・八キロ）、神奈川宿を通過する頃合にはうっすらと夜が明けて、街道を往来する旅人も増えてきた。

「どうしたもので」

と高島が影二郎に訊く。

「日中、大勢で歩くのは人目に立つ。おこま、どこぞに大山詣りの衣装を売っておるところはないか」

東海道は大山詣りの講中の人々が大勢往来する。戸塚宿や藤沢宿から大山道が分岐しているからだ。

影二郎はその講中に紛れようと考えたのだ。

「ちょいとお待ちを」

とおこまが一行を手近な旅籠に待たせていたが、古着屋の番頭と小僧を連れて戻ってきた。

大山詣りの講中の白衣に白の手甲脚絆姿になり、着ていた衣服や刀や持ち物は菰に包んでそれぞれが背に負っていくことにした。さらに、

「奉納大山石尊大権現」

と墨書された木製の納太刀まで揃っていた。

「小才次、そなたはあかを伴い、われらから少し遅れて参れ。鳥居の追捕隊が姿を見せるようなれば、あかに命じよ」

「承知しました」

その旅籠で朝餉を終えた一行は次の程ヶ谷宿を目指した。

一里九丁（約四・九キロ）、程ヶ谷宿をなに事もなく通過し、戸塚宿へと向かった。

この間は二里九丁（約八・八キロ）である。

その中間に権太坂が待ち受けていた。

あかが往来する人々の間を走り抜けて、影二郎に近付き、吠えた。

「ほう、早参ったか」

影二郎は坂の東側に広がる松林に高島秋帆らを連れて隠した。その直後、南町奉行鳥居耀蔵の内与力幡谷籐八に指揮された私兵十数人が急ぎ足で通り過ぎていった。

さらにしばらくして小才次が通りかかった。

おこまが呼び止め、一行に合流した。

「高島先生、昨夜は寝ておられぬ、どこぞで仮眠いたそうか。これからしばらくは昼を避けて夜旅をすることになりそうだ」

と影二郎が指示し、小才次とおこまが街道から外れた旅籠を探しにいった。

三

翌未明、影二郎一行は小田原城下を目の前にした酒匂川の左岸土手にたどりついた。だが、一行の中に小才次とおこまの顔が見えなかった。

影二郎らは程ヶ谷と戸塚宿の間、権太坂の松林にある漁師の離れ家で仮眠をとった。だが、小才次とおこまの二人は、わずか一刻余りの仮眠で行動を開始し、妖怪配下の内与力幡谷籐八一派の行動を探っていた。

夕刻前に起き出した影二郎らはその家で夕餉を馳走になり、闇に紛れて、戸塚、藤沢、平塚、大磯とたどり、大磯から四里と長い小淘綾浜を経て酒匂川へ到着したところだった。

別行動の二人と落ち合う先が酒匂川の漁師の田之助の家だ。これも密偵を長年続けてきた菱沼親子の人脈の一つだった。

「こちらへ」

と流れが穏やかなことを薄闇で確かめた喜十郎が、影二郎や高島秋帆らを案内していった。

酒匂川は普段の流れなら徒渡りの川だ。

この河口付近で酒匂川に菊川が注ぎ込んでいた。大小二つの流れが出合う東側の松林の中に田之助の家はあった。

「おや、菱沼様、お早いお着きで」

夜明けの漁に出ようという恰好の漁師、田之助が迎えた。

「われらの到着を承知している按配だな」

「昨夕、おこま様を小田原まで船で送りましたでな、その折り、おこま様が菱沼様とお仲間が半日遅れで参られると言い残されました」

と答え、

「納屋を掃除させてございます。そこなれば人目に付きませぬし、遠慮のう使う(つこ)て下され」

と案内した。

女衆が納屋の板の間に朝餉の仕度をしていた。

「まんず菊川の川端で手足を洗いなされ。酒も用意していますぞ」

という田之助の言葉にそれぞれが背に負った菰包(こもづつみ)や納太刀を下ろした。

菊川の流れは北側の低い山並みから流れきて酒匂川と合流し、相模灘(さがみなだ)に注ぎ込むのだ。

夜明けの水は清々(すがすが)しくも冷たい。

あかは渇いた喉を癒(いや)すためにごくごくと喉を鳴らして呑んだ。

一行も手足ばかりか諸肌(もろはだ)脱ぎになって汗を流してさっぱりとしたところで、影二郎、高島秋帆、下曾根金三郎、菱沼喜十郎、それに従者二人と男ばかり六人が海風の吹き通る納屋の板の間で車座(くるまざ)になった。

その真ん中に大徳利が置かれ、火で炙られた小鯵の干物が山盛りになっていた。

「夜旅をしてきた者には朝の一杯がたまらぬ」

影二郎の思わず漏らした言葉に長崎町年寄が、

「いかにもさようでございますよ。夏目様、南蛮船や唐人船が不意に着きましたときには、ときに夜を徹して荷揚げをして、明け方に酒を酌み交わすことがございます。その美味いことといったら、酒呑みにはたまりませぬよ」

と掛け合った。そして、小鯵の開きに手を伸ばし、

「おお、これは味醂干しですか」

と口に入れ、

「新鮮な魚を干物にすると格別な味です」

と言いながら頭からばりばりと食べた。

喜十郎が大徳利から茶碗に酒を注ぎ、皆に回した。

影二郎も茶碗酒を口に含み、

「美味い」

といつもの言葉を漏らした。

「高島先生、長崎では酒のあてはなんですな」

喜十郎が訊く。

「長崎も湊町、いろいろな魚が上がりますでな、季節季節の肴がございますぞ。だが、なんといってもからすみを肴に呑む酒は絶品です」

「からすみとは鯔の腹子でしたな」

「いかにもさよう。丁寧に作られたからすみは黄金色に輝いておりましてな、これを薄く削ぎ切りにして口に入れれば何杯でも酒がいけます」

と秋帆が生唾を呑んだ。

「夏目様、菱沼どの、長崎に一度お出でなされ」

影二郎は、老中水野忠邦の若き日の後始末のために肥前唐津から長崎に足を延ばしたことがあった。だが、老中の秘密に関わる御用旅、そう公言してよいことでもない。

「ぜひ訪れたいもので」

とだけ喜十郎が答えたとき、あかが吠えた。

一同が身構えたが、夜露を全身につけて姿を見せたのはおこまだった。

「ご苦労だったな」

影二郎の労いの言葉にうなずいたおこまが、

「小才次さんはまだですか」

「別行であったか」

「昨夕、小田原城下で幡谷内与力の追捕隊が滞在しておるかどうか調べますと、どうやら幡谷一行は小田原を素通りして箱根の山に差し掛かったという情報を得ました。そこで小才次さんと二人、箱根の山へと足を延ばしたのでございますよ」

「おったか」

「はい。箱根宿の関所に宿泊しておりました」

「おこま、一行は関所が開くのを待って先へ進むのであろうか」

と父親の喜十郎が訊いた。

「高島秋帆様らが未だ箱根関所を通過してないことをすでに関所から聞き知っております。どうやら、関所口で高島様が姿を見せるのを待つ様子と見ました」

「小才次はどうした」

「小才次さんは一行に張り付いております」

とおこまが影二郎の問いに答えた。

「おこま、われらも四半刻前に到着したところだ。そなたは流れで汗を流せ、朝餉を食しながらこれからの行動を相談しようか」

影二郎の命に、荷を下ろしたおこまが手拭いを提げて外に出ていった。

「箱根の関所には幡谷籐八らが待ち受けておる」

「影二郎様、鳥居様が高島様追捕に派遣なされた者たちは幡谷一行だけでございましょうか」

「それよ、すでに梅屋敷の騒ぎでわれらが高島どのの旅に加わっていることを推測していよう。となればあの妖怪のことだ。一隊だけ差し向けて安心しておるとも思えぬな」

と答えながら、影二郎は、

「士学館の虎」

のことを考えていた。だが、その場で口にすることはなかった。

「高島秋帆様が長崎に下ったと相手に勘違いさせておく要がございますな」

「それが何日であっても韮山では静かな日々が欲しいでな」

一同は酒を口に含みながら思案した。そこへおこまが戻ってきて話に加わった。

朝餉は麦めしにとろろ汁、それに相模灘(さがみなだ)で上がったばかりの鯖(さば)の造りだった。味噌汁の具は磯で採れた貝が入っていた。

酒を呑み、めしを食べる間に策はなった。

食後、高島ら一行が仮眠をとる間に影二郎とあかは田之助の納屋を出た。一度だけ使った大山詣りの衣装一式が包まれて両手に抱えられていた。

「お供いたしましょうか」

おこまが言う。

「おこま、そなたは徹宵して働いたのだ、少しでも体を休めておけ。戦はこれからよ」

とおこまに言い残した影二郎は、すでに普段の着流しに一文字笠の姿に戻っていた。

影二郎とあかの主従が向かったのは酒匂川の河原だ。

上流へとしばらく歩むと河原の一角に石で囲み、流木を拾い集めて作られた小屋が見えてきた。

陽射しの下に白く光って干されたものが、風に揺れていた。夏烏賊を干しているのだ。

流れ宿、善根宿と影二郎は勘を働かせた。

街道に旅する人間のすべてが本陣や旅籠に泊まれるわけではない。徳川の幕藩体制下で人並みの扱いを受けることなく差別をされる人々もいた。門付け芸人、石工、祭文語り、渡世人などだ。そんな人々のために河原や山裾には流れ者を泊める宿ができていた。それが流れ宿だ。

無花果の木が葉を茂らせて、木陰をつくっていた。

その木陰で薪を割る年寄りがいた。影二郎とあかが近付く気配に気付き、顔を上げた。一瞬、老人の眼光が鋭く光った。だが、尖った眼差しはすぐに作り笑いに隠された。

「徹夜旅をしてこられたか」

「そんなところだ」

「どこへ行きなさる」

「豆州韮山にな」

老人の顔に訝しさが浮かんだ。

「坦庵様の知り合いかね」

坦庵とは江川太郎左衛門英龍のことだ。

「いかにもさよう」

と答えた影二郎は肩の荷を下ろし、一文字笠を脱ぐと年寄りに裏に返して差し

出した。不審な顔をした年寄りが笠の内側を、目を細めて見た。塗り固められた渋の間からうっすらと、

「江戸鳥越住人之許」

の意味の梵字が浮かんだ。

「鳥越のお頭のご一統かね」

影二郎はただうなずいた。

関八州の流れ宿を支配しているのが長吏、座頭、陰陽師など二十九職を束ねる浅草弾左衛門だ。

夏目瑛二郎が自ら影二郎と改名し、陰の世界で生きることを決心したとき、旧知の弾左衛門が影二郎にこの一文字笠を贈り、仲間に受け入れてくれたのだ。

「なにかわれに用事か」

「頼みがある」

影二郎と酒匂川の流れ宿の主、相模の鉄造は四半刻話し込んだ。

「おまえさま方に似せた大山詣りの一行を関所抜けさせればいいかね」

「そういうことだ。それも長崎町年寄高島秋帆様と疑われるようにな」

「江戸の者たちをどこまで引っ張ればいいかねえ」

「大井川辺りでどうだ」

影二郎は常磐秀信が届けてきた百両から包金一つを相模の鉄造に差し出した。

「驚いたねえ、法外な働き賃よ」

「江戸南町奉行の鳥居耀蔵の内与力が指揮する一味だ、甘くみないほうがいい。よいか、奴らと斬り合う必要はない。危なくなればこの仕事は終わりだ、ちりぢりに逃げよ。そなたたちが偽者と知れば相手もそれ以上なんぞ手を出すことはあるまい」

「承知しましたぜ、夏目様。鳥越のお頭の名にかけて鳥居の手下を東海道に走り回らせますぜ」

と鉄造が請け合った。

影二郎は無花果の木の下の切り株から立ち上がった。すると数丁上の渡し場で人足や蓮台(れんだい)が行き来しているのが見えた。

その夕暮れ、影二郎とおこまは酒匂川の流れ宿から大山詣りの恰好に扮した偽の高島秋帆一行が出てきて、夕闇に紛れて徒(かち)で対岸に渡っていくのを見ていた。

「あの方々が何日の余裕を作ってくれましょうか」

「さあてな、流れ者の知恵と妖怪奉行の懐刀の頭の競い合い、騙し合いよ」

と影二郎が薄く笑い、

「参ろうか」

とおこまを誘った。

酒匂川河口の海岸に田之助の船が二人を待ち受けていた。すでに高島秋帆らがあかと船に乗り込んでいる。

おこまを先に乗せた影二郎が漁師船の舳先を海へと押し出し、飛び乗った。

舳先が沖合いに向きを変え、早川(はやかわ)河口で流れが海にぶつかって作る複雑な潮の流れを迂回した田之助の漕ぐ漁師船は、海に沿って南下を始めた。

「高島先生、休まれましたかな」

「お蔭さまでぐっすりですよ」

影二郎はふと秋帆に訊いてみたいことを思い出していた。

「過日、徳丸ヶ原で演習の指揮をなされた西洋式大砲ですがな、異国の船が来た折りに互角に撃ち合える力を秘めておるのでござろうか」

「影二郎どの、商人というものは何処(どこ)も狡賢(ずるがしこ)いものでな、格別武器商人というものはそれが激しい」

「と、申されますと」

「最新の武器の開発には莫大な資金と時間と知恵が要ります。実戦に役に立つまでには何千何万両もの費えがかかります。これでは商人一人の力では開発はなりませぬ。どこもが国ごとで最新武器の開発に余念がないのです。そのようにして実戦に配した武器はすぐには売りに出しませぬ、なぜならば敵国の軍事海防力を高めることになるからです。武器開発競争にはきりがございません。さらに新しい力を秘めた大砲が完成したとき、これまでの武器を商人に売るのです。だが、南蛮諸国で時代遅れの大砲が売れるわけもない。そこで阿蘭陀や唐商人が天竺や清国、さらにはわが国にはるばる運んできて高い金子で売ることになる」

「つまり一つ前の時代の大砲が徳丸ヶ原で演習に供され、幕府の面々を驚愕させたということになりますか」

「影二郎どの、それなればまだよい。欧州の国々をわれらは単に南蛮と称しておりますが、徳丸ヶ原で私が試射した大砲は二世代、いや三世代前の大砲にございます。日進月歩の武器開発競争です。ただ今ではより到達距離が遠く、より破壊力が強く、さらには正確にして連射が利く大砲が開発されていると聞いております。そんな大砲を装備した異国の軍船がわが四海の周りに遊弋しておるのです」

「韮山で試射をなさる大砲は徳丸ヶ原のものと一緒ですな」

「いかにもさよう」

と答えた高島秋帆が陸地を見た。

視線の先に根府川関所の明かりが見えた。

東海道の西を守る表関所が箱根関所ならば、根府川にある関所は箱根の裏関所だ。

小田原城下を通過した旅人は海沿いに熱海まで根府川往還をたどり、十国峠の麓を軽井沢、平井、三島へと抜けることができた。

夜、関所の門は閉じられていたが、篝火か、明かりが小さく遠くに望めた。

「影二郎どの、たまたまわが手に南蛮の最新式の大砲が手に入ったといたしましょうか。だが、これを使いこなすにはそれなりの技と知識がなければできないのです。それが回り道でも、南蛮諸国ではもはや使いものにならぬ大砲の仕組みと技を習得せねばなりませぬ」

高島秋帆の言葉の一語一語を幕臣下曾根金三郎が嚙み締めるように聞いていた。

「こたび、韮山では江川どのと下曾根どのにカノン砲の扱いを実際に会得してもらいます」

「どれほどの時間が要りますか」

「この二人なれば数日でカノン砲の仕組みは会得されよう。だが、この二人が幕府の大砲方に教え込むには半年、いや、一年はかかろう」

「その間にも異国の国々は新たな大砲を開発しておるのですね」

「いかにもさようです。われらには時間はない。だが、異国はわれらの三倍も五倍もの早さで新たな武器を作り出し、技を習得しておるのです」

高島秋帆の嘆きを聞いて、その場にある者は等しく驚愕した。

「影二郎どの、彼我の差は技だけではございませぬ」

「まだあるので」

田之助の漁師船は沖合いからゆっくりと小さな湊へ接近しようとしていた。

「南蛮を、異国をよしとなさらぬ鳥居耀蔵様のような頑迷極まる保守思想が、わが国をがんじがらめにして時を止めておる。進んだ国からものを学ぶことが、われらこの国に暮らす人間が生き残れるただ一つの道だということを拒んでおられる。この考えを変えぬかぎり、われらの手に最新の大砲は手に入らぬし、使いこなせぬ」

高島秋帆の言葉は悲痛な思いに満ちていた。

「だが、諦めてはならぬ。諦めては物事がそこで停止してしまうでな」

「いかにも」

「影二郎どの、大砲は人や物を破壊する道具です。ならばなんのために血眼になって新たな大砲を作り出そうとしておるのですか」

「自らの国を守るためか、はたまた他国を陥れようという考えでか」

「最新の大砲で国を守る。だが、使うては愚策です。保有し、使わぬことこそ最大の海防なのです」

と秋帆が言い切ったとき、漁師船は江ノ浦の海岸に舳先を着けていた。

四

箱根八里の険阻な山道を回避して小田原宿から三島宿へ向かう、「海の道」

根府川往還はまた信仰の道ともいえた。それは走湯権現信仰の伊豆山神社に象徴されるものだ。

古来、熱海の北西に位置する、十国峠とも呼ばれる日金山は死者の霊が集まる山として崇められ、恐れられていた。

そんな時代、相模の海岸に一つの鏡が流れ着き、日金山に神鏡として祀られると衆生救済のために湯を湧き出させた。それが滾々と今も湧き出る伊豆山の走湯である。この走湯は走湯権現の化身として伊豆山神社が信仰の対象になったのである。

また根府川往還は伊豆山神社と箱根神社、そして三嶋大社を結ぶ信仰の道でもあったのだ。

影二郎らは江ノ浦の湊から根府川往還まで提灯の小さな明かりとあかの勘を頼りに這い上がった。

ふうっ

と一行が根府川往還の小さな峠道で弾む息を整えた。

竹筒に用意した水を回し呑みして一息ついた。

「そなたがいなければさらに苦労したであろう。たっぷりと呑め」

あかにも水を与えて、一行は熱海を目指す。

月の位置から四つ（午後十時）前後と判断した。

根府川往還は小田原から熱海までが海の道だ。だが、それは海辺にはない。冬の季節や野分を考え、海を見下ろす山の斜面をうねうねと小さな上り下りを繰り返しながら延びていた。

「あの黒々とした森が真鶴半島にございましょうな」

と下曾根金三郎が青黒い相模灘に突き出した半島を指す。

「間違いござらぬ」

夜半九つ（午前零時）、真鶴を通過し、吉浜から再び海を見下ろす山道にかかった。

「伊豆国に入りましたぞ、高島どの」

と影二郎が長崎町年寄に教えた。

「相州から豆州の国境を越えましたか」

「となれば伊豆山、熱海も近い」

さらに半刻も歩いたところで伊豆山神社の九百段の参道の石段と根府川往還が交差する辻に出た。

伊豆山神社のお社は、海辺の走湯の噴出口から一気に九百段の参道を上りきった、

「山」

にあったのだ。

一同は鳥居の前で道中の安全と大砲試射の無事祈願を行い、さらに往還を先に進んだ。

熱海の湯に近付いたか、湯の香が一行の鼻をついた。だが、影二郎らに湯を楽しむ余裕はない。深夜の湯の町を横切り、ひたひたと再び山道にかかる。熱海で根府川往還は海と分かれ、山に分け入るのだ。

日金山の南の山道を中ほどまで上ったとき、あかが、

ううう

と低い唸り声を上げたのに気付いた。そして、急にぞくぞくとするような冷気が一行の身に襲いかかってきた。

「なんだか気色(きしょく)の悪い寒さが襲ってきましたよ。冷たい手で撫(な)でられているような感じです」

とおこまが首を竦めた。

「われら、死者の霊が集まる山裾をかような刻限に歩いているでな、邪魔者はわれらだ、いたし方あるまい。心の中で般若心経(はんにゃしんぎょう)でもなんでもお題目(だいもく)を唱えて参ろうか」

と父親の喜十郎が娘に言った。

山道の両側は雑木林から竹林に変わっていた。

一行の先頭には高島秋帆の小者敬次が掲げた提灯の明かりがいく。その明かりも竹藪の中までは届かず、並ぶように進む影二郎の足元を一瞬照らして、影二郎が一歩進むとすぐに漆黒の闇に戻った。だから、次に影二郎の背に接するようにして高島は続いた。

竹叢がざわざわと鳴った。

明かりが点った。火の玉のように遠巻きに竹林を飛んでいく。

「影二郎様、亡くなられた方の御霊を揺り起こしましたか」

とおこまが不安そうな声を上げた。

「おこま、火なんぞを使いおって足を出したという奴よ。大方日金山の言い伝えに野伏せりか夜盗どもがかように細工をして夜旅の者を驚かし、持ち物を盗みとろうという算段よ」

「真にございますか」

とおこまが遠くにちらちらする火の玉を見ていたが、

「ほんに竹竿に油布を巻き、火をつけて振り回しているようにございますな。あれが人となれば、こちらも応対の仕方がございます」

おこまの言葉にも力が戻っていた。

竹林の道が消えた辺りで火の玉が消え、山の斜面を走る足音がした。山道は日金山への山道と軽井沢集落への下りの分岐の峠に差し掛かっていた。

「止まって道端に伏せられよ」

と影二郎が命じ、高島秋帆らはその場に低い姿勢でしゃがんだ。立っているのは影二郎だけだ。

弓弦（ゆづる）の音が響いた。

手造りか、短弓（たんきゅう）の弦が鳴らされた音と思えた。

影二郎の肩に振り分けられていた南蛮外衣が山道に広がり、飛来する短箭（たんや）を叩き落とした。

何本かは南蛮外衣の旋回を逃れてぱらぱらと一行の近くに突き立った。

「ひえっ」

と敬次が驚きの声を上げた。

「箭に当たったか」

「いえ、足元に突き立っただけです」

提灯を保持する敬次が答えた。

峠道に崖上から跳んで姿を見せた面々がいた。箱根山中を稼ぎ場所にする山賊の類とその恰好で知れた。

影二郎らを取り巻く数は二十人を超えている。手にした得物はどこで手に入れたものか長柄の槍あり薙刀あり、中には大槌を高々と構えている者もいた。

「己ら、日金山の言い伝えをいいことに、夜旅の者を苦しめおるか」

その昔、廻国しながら武者修行でもしていたか、裾が解れた野袴の武士が悠然と姿を見せた。頭領のようだった。

「夜旅をなす人間には後ろ暗いことがあってのことよ。関所になり代わり、われらが始末いたす」

「盗人にも三分の理と申すが、なかなか言いおるな。そなた、名はなんと言う」

「鹿島新当流茨木総太郎重村」

「鹿島新当流の流儀を僭称しおるか」

「僭称と申したな」

茨木が影二郎に詰め寄った。

影二郎と茨木の会話を聞きながら、おこまが背に負った道中嚢から亜米利加国古留止（コルト）社製の連発式短筒を取り出した。

　数年前のことだ。秩父の山中で影二郎が、

「短筒（つつもたせ）の礼五郎（れいごろう）」

と決闘に及び、影二郎が勝ちを制した後、

「おこま、そなたの父上は道雪（どうせつ）派の弓の名人じゃ。娘のそなたにも飛び道具の勘は伝わっておろう」

と与えたものだ。

　体の大きな異国人が使う連発式短筒を両手撃ちで克服したおこまには、今や欠かせない道具だった。

　おこまは、数を頼りの山賊のうち肝っ玉の据わっていそうな者は数人と読んでいた。

「茨木、そなたを生かしておいては日金山の死者の霊にも迷惑、おれが成敗してくれん」

　影二郎が片手に持っていた南蛮外衣を捨てて、ずいっと前に出た。

「吐（ぬ）かしおったな」

　頭分の貫禄を見せて茨木が影二郎の挑発に乗った。黒塗り鞘の剣を抜いた茨木は、それを下段に流し置いた。

着流しの影二郎は未だ法城寺佐常の柄にも手をかけていない。

「そなたの剣、ちと変わっておるな」

提灯の明かりに影二郎の一剣を確かめた茨木が訊く。反りの強い剣に気付いたようだ。

「南北朝期の刀鍛冶が鍛造いたした大薙刀を、刃渡り二尺五寸三分のところで刀に鍛え直した剣よ。そなたの素っ首を斬り落とすにはもったいなき佐常じゃぞ」

「吐かせ！　おれの差し料にいたす」

下段の剣を脇へと移した茨木が踏み込んできた。

一気に間合いが詰まり、影二郎の手が先反佐常の柄にかかった。

後の先。

遅れて抜き放った先反佐常が一条の光になって、飛び込んでくる茨木の大きな胴と下段から摺り上げてきた刃を一気に薙ぎ斬った。

一瞬の早業だ。

「げえぇっ！」

立ち竦んだ茨木が悲鳴を上げ、くるくると舞い転がった。

「やりやがったな！」

「お頭の仇！」

とばかりに数を頼んで包囲の輪を縮めようとする山賊の頭上に向けて、
ずどーん！

と腹に響く古留止社製の連発式短筒が火を吐いた。

「うおおっ！」

と驚愕した山賊どもにおこまが、

「こいつは亜米利加国の連発式短筒だよ、命が惜しくない奴はぶっ飛ばしてやるよ。異国の大玉を食らってみるかえ」

と啖呵を切ると、竦んでいた連中が段々と後退りして、

「わあっ！」

と叫び声を上げて逃げ出した。

「手間を取らせおったわ」

影二郎が佐常の血振りをして鞘に納めた。

峠道から熱海の方角を振り返ると東の空がうっすらと明るくなっていた。

影二郎は騒ぎを見詰める、

「眼」

を感じ取っていた。

なに者か。

気配を消して監視する眼の持ち主に畏怖を感じた。

（日金山の死者の霊か）

と考えた影二郎は、

「夜が明けぬうちに三島から出た下田街道の分岐、大場まで足を延ばしたかったが無理か」

と呟いた。

「ともあれ山を下りましょうぞ」

喜十郎が応じて、一行は再び隊伍を整えると根府川往還の相の宿軽井沢に向かってうねうねとした山道を下っていった。

軽井沢を通過したとき、すでに夜が明けていた。

百姓家が十数軒の小さな里だ。鉤形に曲がる街道の両側に家並みが点在していた。

「腹も空いたが先を急ごう」

「影二郎どの、このまま進めば本日のうちに韮山に入ろうな」

と高島秋帆が先を急ぐ構えを見せた。

「高島先生、分かれ道の大場は三島宿に近うござる。鳥居の配下が網を張っていないともかぎらぬ。やはり日中は動きを止めたほうがよかろう。否でも明朝には江川様の代官屋敷に到着しますからな」

と説いた。

軽井沢を抜けた後、おこまが一行より抜けて先行した。どこか朝餉を食する場所を探すためだ。しばらく行くと軽井沢から一里ほど下った平井村の辻に朝露をつけたおこまが立って、一行を待ち受けていた。

「影二郎様、平井村の名主どのに江川様の名を持ち出しますと、快く世話を引き受けてくれるそうですよ」

「それはよかった」

一行は平井村の名主正兵衛の母屋に迎え入れられた。まずは朝露を落とすために井戸端で手足を洗い、座敷に招じ上げられた。

風が通るように開け放たれた座敷から芙蓉の花が咲いているのが見えた。その上に朝の光が当たっていた。

夜旅をしてきた一行の目には眩しすぎる光景だ。

酒を貰い、茶碗酒で二杯ほど呑んだ影二郎らは里芋の味噌汁に沢庵漬けで麦めしを食し、風の通る座敷で夕刻までぐっすりと眠り込んで英気を養った。

夕暮れ、天候が変わり目に差し掛かったか、雲の動きが早くなっていた。だが、一行は予定どおりに草鞋を履いた。

三島宿から伊豆国を南北に貫いて原木、大仁、修善寺、湯ヶ島、天城峠、梨本、茅原野、そして下田湊までと全長十七里十四丁（約六十八・三キロ）の道が縦貫していた。

数年後、下田湊は幕末の騒乱の舞台に躍り出ることになるが、影二郎らはまだそのことを知る由もない。

根府川往還と下田街道の交差する辻に影二郎らが差し掛かったのは、六つ半（午後七時）過ぎの頃合か。今にも雨が降りそうな夜空だった。

「さて大仁はこの街道の道筋だ」

と張り切る一行の前に、

「お待ちしておりました」

と小才次が姿を見せた。

「ご苦労であったな」

と労う影二郎に小才次が、

「最初はまさか偽のご一行とは知らず戸惑いましたよ、影二郎様」

と苦笑いした。

「どうだな、流れ宿の役者は」

「遠目には大山詣りに扮した高島秋帆様ご一行ですよ。おこまさんなんぞの動きは鳥追い女が演じておりましたが、なかなかの役者ぶりにございます」

「そうか」

影二郎が満足そうに笑った。

「関所破りした大山詣りの一行の噂を聞きつけた内与力幡谷籐八一行は慌てて、翌朝の一番で関所を通り、三島宿へと下って参りました。わっしは本気で影二郎様方と思っておりましたから、三島から東海道を先に進んだと聞きつけ、こいつはちとおかしいと気付いたわけなんで」

「さすがに小才次かな、勘がよい」

「影二郎様、勘がよいもなにも高島様は韮山に参られるのですからな、東海道を進む一行が本物の高島様方ではございませんや。それでもわっしは、沼津(ぬまづ)から原(はら)

宿まで参り、偽の高島様ご一行を確かめましたよ。連中は実に楽しそうに動いております。あの分ならば府中宿くらいまで鳥居様の内与力どのを誘い込むかもしれません」

「上出来、上出来」

と答えた影二郎は、

「高島先生、これでしばらく余裕が生じましたぞ」

「ならば早速韮山に参り、大砲の試射に取り掛かりましょうかな」

一行は再び小才次を加えて八人になり、夜の下田街道を韮山の江川代官屋敷へと急いだ。

雨には降られずに済んだ。

高島秋帆一行が韮山に入ったのは八つ（午前二時）過ぎのことだ。ひそかに代官屋敷の閉じられた門を叩くとすぐに中から戸が開かれ、

「お待ち申しておりました」

と門番の出迎えを受けた。

「夜分、恐れ入る」

と恐縮する影二郎らに、

「なんのことがございましょう。主も今晩あたり参られようと昨日から待ち受けております」

「なにっ、太郎左衛門どのはすでに到着しておられるか」

「はい、あちらに」

代官屋敷の玄関に寝巻き姿の太郎左衛門の姿があって、

「昨日の昼過ぎ、江戸より御用船新鷹丸にて到着しましてな」

と応じたものだ。

第四章　種子島と大筒

一

徳川幕府は関八州に十八の直轄領を置いていた。つまりその領地を支配する十八人の代官がいたことになる。

その中で最も名高い代官は、韮山の江川家だ。

江川家は鎌倉時代からの韮山の名家で足利、北条氏に仕えた後、徳川氏関東入国に従い、韮山の代官を世襲することになった。

太郎左衛門英龍は享和元年（一八〇一）五月十三日に韮山で生まれた。

天保五年（一八三四）に父の英毅の死に伴い、翌年、英龍は代官職を継ぐと同時に三十六代太郎左衛門を名乗ることになった。

韮山代官の支配地は、当初武蔵、相模、伊豆、駿河にまたがる七万八千六百石であった。だが、英龍が八代目代官に就いて三年後の天保九年に甲斐国を預かることになるなどして都合八万石以上にも及んだ。堂々たる大名の領地に匹敵する支配地で、五か国に及んだ。

天保八年に起こった大塩平八郎の乱では、支配地の甲斐国に残党が潜んでいるというので、太郎左衛門は、剣術家にして手代の斎藤弥九郎を伴い、隠密裡に巡察したこともあった。

幕臣としての江川家の禄高は僅か百五十俵であったが、支配する地は広く、そのために江戸深川に拝領屋敷を構えていた。

英龍は江川家の歴代の中でも抜きん出た才能で善政を敷いた代官だが、なかんずく太郎左衛門英龍の名を世に知らしめたのは海防に対する識見であり、西洋の鉄砲に関する造詣であった。

天保八年に伊豆国防衛という観点から幕府に建議書を上げて、沿岸警備の必要を強く感じていた伊豆沿岸諸域を守るために農兵隊の組織を提案していた。

幕臣にあって海外事情に通じた数少ない人物であったのだ。

さらに阿片戦争の推移と結果は、高島秋帆や江川らを海防整備と、兵制の改革の思いに強く駆り立て、洋式鉄砲の導入を幕府に再三願うことになる。

これらの考えに強く反対したのが、蘭学嫌いの鳥居耀蔵だ。頑迷な性格の鳥居は、韮山代官が高島秋帆の新砲術を推奨していることを快く思わず、幕府鉄砲方の役人と手を結んで強固に反対してきた。

だが、海の向こうから押し寄せる時代の激変は世論を喚起し、ついに天保十二年五月の徳丸ヶ原の鉄砲、大砲の試射に至ったのだ。

そんな最中の伊豆韮山の江川家に、ひそかに高島秋帆の一行が夏目影二郎に守られて到着したのだ。

まだ薄暗いその日の未明、韮山から一里半ほど西に寄った内浦三津に高島秋帆、江川太郎左衛門、影二郎らの姿があって、江川家がこの浜に所有する小さな帆船韮山丸に乗り込もうとしていた。

韮山丸が三津浜から内浦の鏡のように凪いだ海面へと滑り出した。すると一行が背にした山の端にわずかな光が走った。

新しい朝の到来だ。

あかも舳先に座り、船嫌いのおこまも波穏やかな内浦の海にのんびりとした顔付きで胴の間に乗船していた。道雪派の弓の名人菱沼喜十郎は、膝に江川家所蔵の弓と箭を持参していた。

ただ一人、密偵の小才次は再び三島に戻り、鳥居一派の動静を見守ることになり、別行動をしていた。

鳥居一派の刺客が迫る高島秋帆には、砲術の弟子たちをゆっくりと指導する余裕はなかった。長崎に戻る前になんとしても弟子の太郎左衛門らに秋帆が知る知識のすべてを伝授して、一人前の砲術家に育て上げる責務があった。

わずかな時間、江川家で仮眠した一行は未明の山道を越えて三津浜にたどりついたのだ。

船中で江川家の奉公人が竹皮包の朝餉を配った。

胡麻塩の振りかかった握りめしに猪肉(ししにく)を甘辛く煮たものと古漬けが添えられていた。

「温かいものはございませんが、朝はこれで我慢して下され、高島先生」

と秋帆に韮山代官が謝った。

「天保の飢饉があちらこちらに広がっている折り、三度三度食べられるのは幸せです」

この太郎左衛門英龍は普段から質素倹約を旨とし、自らも一汁一菜を実行していた。この英龍の教えの一つに、

「坦庵先生付木の教訓」

というのがあって家内じゅうで守られ、実践されていた。

江川家の台所では一枚の付木を四つに割って使うように命じられていた。付木とは薄い木片の頭に硫黄が塗られたもので火を点ける道具だが、これを一枚使えば一度しか用を足すことができない。だが、四つに割れば四度使えて、倹約になるという教えだ。

江川家の食事に猪肉などが添えられることは滅多にない。だが、江戸から刺客に襲われながらも夜旅をしてきた砲術の先生への労いから添えられたのだ。あかにも猪肉がまぶされためしが与えられ、満足げに器に口を突っ込んでいた。

内浦湾のほぼ真北に小さな島が湾口の一角を閉ざすように浮かんでいた。淡島である。

江川代官に指揮された船は淡島の西側へと回り込んだ。すると幕府の御用船、八百石の新鷹丸が淡島の岸辺にひっそりと投錨していた。

太郎左衛門が江戸から乗船してきた御用船だ。この新鷹丸、海防策の一環とし

て造船されたものだが、江川代官に貸し出されていたのだ。

　韮山丸が新鷹丸の左舷に横付けされ、縄梯子が船から下ろされた。

　影二郎はあかを抱え上げて船に乗せ、人間が続いた。

　影二郎は船上に伊豆国幕府領から呼び出された若者たち二十数人が整列しているのを見た。江川太郎左衛門は海防策の一つとして幕府に上申していた農兵隊を試み、組織しようとしていた。

　江川太郎左衛門に続き、高島秋帆が乗船すると、筒袖裁着袴の農兵隊の若者が直立不動で出迎えた。

「よし、ご苦労であった」

　太郎左衛門が艫櫓に合図をすると銅鑼が鳴らされ、農兵隊の若者が四組に分かれ、右舷側に走った。そこには舳先から艫に二つの、帆布が掛けられた小山があった。

　帆布が剝がされた。すると朝の光に煌めくカノン砲の砲身が見えた。

　徳丸ヶ原で試射された四門の西洋式大砲のうちの二門で、車輪は外され甲板に固定されていた。

　影二郎は左舷にも帆布の山があるのを見て、幕府に献上された四門の大砲全て

がこの船に装備されていることを知った。高島秋帆が、

「江川どの、下曾根どの、江戸では座学ばかりであった。本日より実戦演習に入る。私が江戸で講義したことを思い出しながら、二門のカノン砲を操作してみて下され」

と命じた。

「はっ」

と命じる師の言葉に二人の顔が引き締まった。

影二郎らは演習の邪魔にならぬように舳先のほうに固まって座した。

「影二郎様、徳丸ヶ原の折りは遠く離れての見物でしたが、こたびは腹の底まで響きましょうな」

と菱沼喜十郎が言う。

「想像もつかぬわ」

おこまが懐から綿を出し、影二郎と喜十郎に渡した。

「ほう、手回しがよいな」

「影二郎様、あかの耳は私が両手で塞ぎます」

と言うと、おこまは耳に固く丸めた綿を詰めた。

演習方はそれぞれ太郎左衛門、下曾根組と分かれて役割と手順の点検を行っていた。さらに実際に動いて、砲術の操作をなぞった。

昨年の徳丸ヶ原の砲術演習に際し、太郎左衛門は斎藤弥九郎、柏木忠俊らとともに助勢方で参加していた。

だが、自ら主導しての実戦演習は初めてだ。僅かな見聞が頼りの実戦ということになる。

綿密な打ち合わせが終わり、指導方の高島秋帆に演習準備完了の報告がなされた。秋帆がうなずき、

「ただ今より西洋式カノン砲術演習を行う。まず一の組より二の組へ各一門ずつ連射砲撃方用意！」

の号令が発せられ、江川組、下曾根組の砲術方が位置に就いた。

「一の組、装弾」

太郎左衛門の命が響き、砲弾が装塡された。

「なかなか農兵隊の若者もやりますな」

と言いながら喜十郎が綿を耳に詰め込んだ。

影二郎も綿を耳に詰めた。

おこまはあかを膝に抱き、耳たぶに両手をかけた。あかはなにが行われるか分かったようにじっとしていた。

太郎左衛門の片手が上がり、

「照準方」

と問う声がかすかに聞こえた。

「海上十丁照準よし」

復唱する声も聞こえ、次いで、

「砲撃方」

「砲撃準備よし」

「砲撃！」

太郎左衛門の片手が振り下ろされ、その直後に影二郎らは砲撃索が引かれ、砲身が前後に揺れて、砲口から白い煙とともに砲弾が飛び出すのを見た。

ずずーん！

耳に綿を詰め込んでいても響き渡る轟音（ごうおん）がした。

新鷹丸が揺れ、あかがおこまの手の中で飛び上がった。

「おこま、そなたは手で己の耳を塞げ」

影二郎は大声で命じ、あかを自分の膝の間に引き寄せると南蛮外衣で耳を覆った。

二の組の砲撃が続いた。

こちらも砲身から撃ち出され、虚空に見事な弧を描いて十数丁先の海上に落下して、水煙を上げた。

二発の砲撃で影二郎らの耳は、

わんわん

と鳴っていた。

甲板では、高島が一回目の試射について講評をしていたが、なにも聞こえなかった。

「影二郎様、この演習が一日じゅう続くのでございましょうかな」

喜十郎が耳を手の平で叩きながら訊いた。

「高島先生が韮山におられる時間は限られておるでな、猛演習が続こうな」

「夕刻までこの音を間近で聞かされては鼓膜が破れます。浜から乗ってきた船に乗り、新鷹丸から少し距離をおきませぬか」

「それはよい考えかな」

高島の護衛役がその場から逃げ出すわけにはいかなかったが、別の船で新鷹丸の演習を見守る分には構わなかった。もし鳥居一派が新鷹丸を襲おうとするならばいち早く目に留められる利点もあった。

おこまが耳栓の綿を外しながらその旨を高島らに告げに行き、影二郎らは左舷に舫(もや)われてあった韮山丸にあかを連れて避難した。

おこまも遅れて新鷹丸の縄梯子を下りてきて、江川家の韮山丸に乗り移った。

韮山丸はすぐに新鷹丸の船縁を離れて、新鷹丸と着弾点のどちらも見渡せる海上へと移動した。

影二郎らは耳栓を外してほっと安堵した。

「いやはや大砲というものは近くで聞くと凄まじいものですな」

と菱沼喜十郎が顔を横に振った。

「まだ耳ががんがんと鳴りおるわ」

あかは船に積まれてあった水を呑まされて、ようやく落ち着きを取り戻した。

「始まりますぞ」

喜十郎の言葉と一緒に三撃目が発射された。だが、今度は海を伝わってくる砲声である。

「おお、これならば我慢もできる」

大空に曲線を描く砲弾はさらに数丁着弾点を延ばしたように海に水煙を上げた。

「さすがに高島秋帆先生の直弟子二人かな、すぐにカノン砲の操作のこつを呑み込まれたようだな」

段々と砲撃の間隔も縮まっていた。

砲身の角度を変え、距離を延ばす砲撃などが順次丹念に行われた。

影二郎らは新鷹丸から海上五丁ばかり離れた波間から時折り響く砲撃を聞きながら、演習が過ぎるのを待った。

「どうした、おこま」

喜十郎が娘の異変に気付いた。

「波に揺れているうちに船酔いをしてしまいました」

おこまが無念そうに言う。

「おこま、横になっておれ」

帆柱の下の日陰でおこまが横になった。すると、あかまでがおこまのかたわらで長々と伸びた。

「影二郎様、犬も船酔いをするのでございましょうかな」

と喜十郎が苦笑いをした。

淡島沖から海上およそ八里、駿河湾を北西に離れた田子の浦で異変が生じていた。

偽の高島秋帆一行は長崎町年寄にして砲術家高島一行の通過の噂話を宿場宿場にまき散らしながら、原宿を越えて吉原宿へと向かおうとしていた。

二つの宿場の間は三里六丁（約十二・四キロ）だ。

おこま役に扮した鳥追い女のきわが田子の浦の浜で足を捻り、歩けなくなった。

「こいつは弱った」

一行の長、高島秋帆役の渡り石工の源三が、

「どうする」

と皆に諮った。

夏目影二郎役の浪人者長田達太郎が、

「きわの役はなかなか重要であるぞ。他に代わりはおるまい、一晩休まぬか」

と提案した。これまで鳥居奉行の内与力幡谷籐八一味が姿を見せないこともあって、偽の高島一行は、

「長崎は遠いでな、急いでもいたし方あるまい」

とその日、田子の浦で駿河湾を往来する船の船頭や水夫(かこ)らも泊まるという漁師宿に一夜の宿を願った。むろん、

「長崎町年寄高島秋帆一行」

と宿帳に麗々しく記した。

きわは打ち身捻挫に効く薬草を探しに浜に出た。杖をつきながら、浜で薬草を探していると、街道から松林に用を足すために旅人が入ってきた。

幡谷一行から先行して、高島秋帆一行の行方を探す密偵の貴次(たかじ)だ。

「おや、あの女は大山詣りの恰好をしてやがるぜ」

松の陰から様子を窺うと女は砂に生えた草を採り歩いていた。杖をつき、足を引き摺っているところを見ると足首でも痛めたか。

貴次は女の後を追った。やがて漁師宿の一軒に入っていくと仲間が迎えた。

皆、白衣姿だ。

「高島一行だぜ」

貴次は様子を窺うことにした。

夕餉の刻限が来て、一同は食事を始めた様子があった。

貴次はたった今田子の浦にたどりついたという体で漁師宿に入っていった。

「今晩厄介になりてえんだがな」

「江戸の衆か」

と陽灼けした女が訊いた。

「おう、伊勢参りの帰りよ」

貴次は嘘をついた。

「外から見ると白衣の人が泊まっておられるな。伊勢参りの講中かえ」

「いいや、大山詣りだ」

「大山石尊権現様か」

と聞く貴次に、

「あの恰好をしていなさるが、長崎の町年寄、大筒の師匠の高島なんとか様のご一行だ」

「ほう、そいつは珍しい人が投宿だ」

と答えた貴次は、

「姉さん、おれだけの部屋があろうな。おれはなにしろ鼾(いびき)が凄いんでな、相部屋は向かねえ。相手に迷惑がかからあ」

「そいつは困ったよ。高島様のご一行が突然お出(い)でだでよ、空き部屋はねえだ」

「そいつは残念だな。他を当たるぜ」

と貴次は漁師宿を飛び出し、街道に戻ると吉原目指して走り出した。

この日、淡島沖での西洋式砲術の演習はたちまち内浦三津界隈に広がり、

「なんとも凄まじい音でよ、海の魚も逃げちまったよ」

「韮山の代官様のやるこった、いたし方あるめえ」

「そんだな、長くも続くめえよ」

と漁師たちが言い合った。

二

伊豆国君沢(くんたく)郡三島宿は、

「此国都会の地にして商人多く賑し」

と『東海道名所図会』にも記されるように東海道中最大の難所の箱根を越える旅人、すでに越えた者などで常に賑わいを見せていた。それだけに宿内には本陣

二、脇本陣三を始め、旅籠だけで七十四軒を数える殷賑の地であった。
「富士の白ゆきやあさひでとける、とけてながれてながれのすゑは、みしま女郎衆の化粧の水……」

と俗謡に歌われるように飯盛女郎も多くいた。

小才次は下田街道と東海道が交わる辻で箱根から下ってくる旅人一行を見ていた。土地の人に下田道と呼ばれる分岐の前に三嶋大社の参道が口を開けていた。夕暮れ前のことだ、八里の難所を越えた旅人がほっと安堵の顔で続々と山から下ってきた。

小才次は朝から鳥居のかたわらにある石の上に座ったり、立ったりしながら箱根の山を睨んでいた。かたわらには馬子たちが馬の手綱を結ぶ大銀杏の木があって、緑陰を作っていた。

小才次は無意識のうちに煙管に刻み煙草を詰め、火種を持っていないことに気付いた。辺りにはだれもいなかった。

刻限が進み、段々と旅人の姿もまばらになってきた。

暮れ六つ（午後六時）の時鐘が三島の宿に殷々と響いた。

三嶋大社近くにある三石神社境内にある鐘撞き堂で撞かれる時鐘だ。

暗くなって山越えする旅人はまずいない。箱根峠は山賊追剝（おいはぎ）の名所で、武士も陽が落ちて上り下りすることは避けた。

（今日は外れか）

と小才次は考え、

（さて今晩はどうしたものか）

と思案を巡らした。

三島に残るか、韮山へ戻るか。韮山に戻るとなれば、また明朝引き返してくることになる、どこぞに旅籠を見つけるかと石から腰を上げた。すると箱根から緩く三島宿へと下りてくる街道に幟（のぼり）を立てた一団が隊伍を整え、姿を見せた。その数、四、五十人か。真ん中に馬上の武士がいた。まるで軍列だ。

「なんだい、あれは」

小才次は呟くと手にしていた煙管を煙草入れに仕舞い、鳥居の背後に身を潜めた。

幟がひらひら夕闇に舞い動きながら小才次の前に差し掛かった。なんと幟には、

「幕府天保改革浪士隊」

と仰々しくも墨書されていた。幟を捧げるかたわらの武士が、

「高野左中（たかのさちゅう）氏、三嶋大社を通過いたしますぞ」

と教えた。

隊伍の真ん中に馬に揺られる陣笠、羽織袴の武家が馬の手綱を引いた。荷駄も一行に同行していた。

（なんと大勢で押し出して来やがったぜ）

と小才次は驚きの目で一行を見入った。

高野左中は南町奉行鳥居耀蔵の内与力の一人だ。

「止まれ」

という号令が響き、三嶋大社の鳥居の前で一行が止まった。

鞍から下りた高野の命が響いた。

「箱根の山越えを無事に終え申した、三嶋大社の祭神にお礼を申し上げる。一同拝礼！」

一行四十数人の浪士団が思い思いにだらしなく頭を下げた。むろん一同は江戸の治安を守る南町奉行所支配下の役人ではない。老中水野忠邦の信頼厚い鳥居耀蔵の私兵だ。

小才次は三嶋大社の祭神を鳥居前から拝礼する面々の中で一人、老狐の如き雰囲気を漂わす剣客が平然と一行から離れて立っているのを見た。

その五体から静かな殺気が揺らぎ立ち、この浪士隊の中で一番危険な人物であることを示していた。だが、一行からは疎んじられている様子がありありと見えた。

「高野氏、あとは高島秋帆を探し出し、ふん縛るだけにございますぞ。三島宿は旅籠も多うございますれば潜入しておるやもしれませぬ」

と三島に泊まり、飯盛女と一夜を過ごしたい魂胆の浪士団の頭分が言った。

「江成(えなり)どの、高島の一行はさらに先に進んでおるわ、三島なんぞにおるものか」

「とは申せ、夜道を進めば、途中の旅籠に泊まった高島を見落とさぬともかぎりませんぞ」

と江成がさらに言う。

高野左中がしばらく考え、同行していた密偵を呼び、

「俊作(しゅんさく)、われら幕府御用の四十七人が泊まる旅籠があるやなしや見付けて参れ」

と命じた。

「へえっ」

と答えた密偵は旅籠が並ぶ宿場へと走って姿を消した。

その間、一行は鳥居の門前で自堕落な恰好であちらこちらに座り込み、密偵の

帰りを待ちながら話を始めた。

「この刻限、三島宿に四十数人の集団が泊まる旅籠など残っていようか」

「分宿なればあろう」

「高野どのとは別屋根なれば飯盛女も呼び放題か」

「そういうことだ」

などと勝手なことを言い合った。

「おい、高島秋帆一行は長崎に戻る道中というが、われらの仕事も長崎まで続かぬかのう。日当がそれだけ加算されるぞ」

「大した日当でもなし、おれは適当なところでけりをつけたい」

「そうじゃな、高島を始末して約定の報奨を貰ったほうが得かもしれぬ」

小才次が聞き耳を立てているとも知らず、勝手なことを言い合った。

四半刻を過ぎ、一同がいらいらし始めた頃合、ばたばたと足音が響いて、密偵が戻ってきた。

「高野様、四つの旅籠に分宿なればなんとかなりそうです」

「いたし方あるまいな」

「聞き込んだことがございます」

「なんだ」

密偵は得意げに間を置いた。

「申せ、俊作」

「今朝方から大筒の如き音が響いておるそうにございます」

「なにっ、方角はどちらか」

「内浦三津沖辺りではないかと土地の者が申しておりました。高野様、内浦三津の浜は韮山代官領に一番近い浜にございます」

「うーん」

と高野が唸り、しばし沈思した後、破顔した。

「俊作、でかした」

「ありがとうございます」

「高島秋帆は長崎には向かっておらぬ、韮山代官領で大砲の試射を行っておるのだ。江川代官は高島秋帆の弟子ゆえな」

「まず間違いございません」

「代官の江川英龍も一緒だぞ」

とにんまりと笑った高野が、

「よし、今宵は三島宿に分宿し、明朝早く韮山に乗り込む」

と一同に命じ、歓声が沸いた。

小才次はひとり離れて休む老狐の雰囲気を漂わす剣客の姿を探した。だが、いつの間にか忽然と姿を消していた。

再び鞍上の高野を真ん中に一行が動き出した。

「ふーん」

と一同が去った鳥居の陰で小才次が吐き棄て、

「そう簡単に問屋が卸すものか」

と言い残すと下田道を駆け出した。


田子の浦の漁師宿にひたひたと鳥居一派の先行隊、内与力幡谷籐八の率いる一隊が近付き、松林に散開した。

貴次の知らせで幡谷一行は田子の浦に急行してきたところだった。

漁師宿には遅く着いた客がいて、明かりが点っていた。

「江川英龍は神道無念流練兵館斎藤弥九郎の弟子だ。免許皆伝というで暴れられてもかなわぬ。寝静まったところを一気に押し込んで捕縛いたす。手に余るようなれば殺せ」

と幡谷が非情にも命じ、持参した大徳利に口をつけて、ごくりごくりと呑み、一同に回した。

松林の中に昼間の暑さが残っていた。海から吹く風も止まっていた。

「くそっ、暑いぜ」

浪人の一人が呻いた。すると気配を感じたか、漁師宿で飼われている犬が吠えた。

偽おこまのきわは、一旦眠りに就いた。だが、半刻もしたころ、客が着いたらしくその物音に目を覚まされた。蚊まで顔の周りを飛び回り、なかなか寝付けなかった。

「厠にでもいこうか」

と鼾が競い合うように響く部屋を出た。

廊下の突き当たりの厠に入ろうとして、なに気なく格子窓から浜を見た。

薄い月明かりに松林が照らされ、その向こうに波が光っていた。

「あら、あれは」

きわは松林で蠢く人影に目を留めた。十数人がなにかを待っているように座ったり、立ったりしていた。

「来やがったよ」

きわは用を足すと部屋に戻った。

「皆、起きるんだよ」

きわは眠り込んでいる男たち一人ひとりの体を叩いて起こして回った。

「な、なんだ、鳥追い。おれの体が恋しくなったか」

「なにを馬鹿言っているんだい。あたしらを高島秋帆一行と勘違いした南町奉行の鳥居の手下が踏み込んでくるんだよ」

と言いながら、きわは大山詣りの白衣を脱ぎ捨て、いつもの鳥追いの恰好に戻った。

「あたしらの役目は終わったよ。これからはばらばらに逃げるよ」

「よし」

一行は本来の石工や浪々の姿に戻り、忍び足で明かりの点った台所に行った。

「おや、高島様、どうしなさった」

明朝、早立ちの船頭と水夫がいた。朝餉の仕度に徹夜をするつもりの番頭が起きていた。

「長崎でな、ちょいと大事な用のあることを思い出したんだ。旅籠代はほら、ここに払う」

番頭は、何百里も先の長崎の用足しに田子の浦から急いでもどうにもなるまい、変な客だと思った。だが、旅籠代を払ってくれれば文句はない。

そのとき、番頭は気付いた。

長崎町年寄高島秋帆とその一行を名乗っているが、なにか理由があって高島に化けているだけだ。どう見ても長崎町年寄の風体ではなかった。旅籠にさえ満足に泊まれない連中が金子で雇われたのだ。

「裏口から出してもらうぜ」

八人は裏口から漁師宿の裏手に出ると東海道へと闇を走った。街道に出た八人は左右にばらばらに別れ、流れ宿を渡り歩くいつもの暮らしに戻った。

そんな様子を番頭は見ていた。

幡谷籐八らが漁師宿に踏み込んだのは半刻後だ。

いきなり表戸と裏戸が押し破られ、抜刀した面々が飛び込んできて、米を研いでいた番頭は呆然とした。

「う、うちは漁師宿だよ、小判なんて貯め込んでませんよ」

「われらは江戸南町奉行鳥居様の配下である。高島秋帆一行の部屋はどこか」

幡谷が喚いた。

「た、高島様だって。最前出ていかれましたよ」

「戯言を申すでない、ためにならぬぞ」

「戯言もなにもほんとのことですよ、部屋を見なされ」

男衆の言葉に幡谷らは土足のままで偽高島らが最前まで寝ていた部屋に踏み込んだ。

有明行灯の明かりに夜具が乱れ、白衣が脱ぎ散らかされているのが見えた。

「しまった、感づかれたか」

台所に戻った幡谷は怒りに顔を引き攣らして番頭に、

「最前と申したがいつのことだ」

「だから、半刻も前のことですよ」

「幡谷氏、夜道を長崎へ走っているのであろうか」

雇われ浪人の一人が訊いた。

「高島秋帆め、甘く見過ぎたか。よし、追うぞ」

と幡谷が下知し、裏口から出ていこうとした。

そのとき、番頭が言った。

「おまえさま方、ほんとうに江戸町奉行のご支配下かね」

「われらが偽者と申すか」

「いやさ、偽者は最前うちから出ていった連中だよ。確かに宿帳に長崎町年寄高島秋帆と書いたが、ひどい手だ。あれは偽者ですよ」

「なにっ」

幡谷は番頭に宿帳を見せよと命じた。番頭が持ってきた宿帳の字を見た幡谷が、

「貴次、われらは偽高島一行を追っておったぞ」

と叫んだ。

「ほんものはどこへ行ったんで」

「それは分かるか」

幡谷籐八らは踏み破った戸口を出ると夜の東海道を呆然と眺めた。

小才次が韮山の江川代官屋敷の門を叩いたのは、五つ（午後八時）と五つ半（午後九時）の間だった。

「小才次、戻る」

の知らせに、江川太郎左衛門の座敷に高島秋帆、下曾根金三郎、菱沼親子に夏目影二郎らが呼び集められた。

汗みどろの小才次が姿を見せた。

「なんぞ異変か」

影二郎が訊いた。

「へえっ、鳥居の内与力がなんとも大袈裟な幕府天保改革浪士隊なる四十七人の不逞者の第二陣を差し向けました」

と三嶋大社前で見聞したことを告げた。

「ほう、高島先生が韮山滞在中ということが判明いたしたか。ちと予定より早かったな」

と影二郎が感想を漏らすと、太郎左衛門が、

「いたし方ありますまい。西洋式大筒の演習を一日続けておれば、否でも怪しまれます。海の上は意外と遠くまで音が伝わりますしな」

と落ち着いた口調で言った。

「明日は、どうなされますな」

「予定どおりです。なあに影二郎どの、ここは何百年の昔からのわが預りの地、

烏合の衆が四、五十人で攻めてこようといかようにもなります」

太郎左衛門は平然としたものだ。

「襲い来たければ来たれです。わが方には四門のカノン砲もございます。実戦形式の演習にもなります」

高島秋帆も笑った。

「では、一切変わりなしですな」

「いかにも」

と太郎左衛門が答え、予定どおりを確認した。

「夏目様、今一つ気になることが」

と小才次が言い出した。

「なんだな」

「一行に一人だけ凄みのある老剣客が混じっておりました」

小才次は三嶋大社前での老狐のようなひっそりとした剣客の風体と様子を告げた。

影二郎は、すぐに小才次の言う老狐が、

「士学館の虎」

と呼ばれた兄弟子串木野虎之輔であると気付いた。

「小才次、心当たりがないこともない。その方が高島秋帆先生暗殺に本気になったとしたら、それがし、先生を守りきる自信はない。だが、それがしの心当たりの方なれば、高島先生暗殺には加わるまい」

「とすれば、だれに用事なのでございますか」

とおこまが訊いた。

「さあてのう、それが未だ判然とせぬ」

と影二郎は答えて口を噤んだ。

影二郎らは太郎左衛門の部屋から影二郎らに与えられた部屋に戻ってきた。

「影二郎様、明日からどう行動いたしますか」

とおこまが影二郎に訊く。

「高島先生方が内浦三津の浜から新鷹丸に乗り込むほうが、幕府天保改革浪士隊なる鳥居の私兵第二陣三津浜到着より早かろう。高島先生と江川代官にはそれがしと喜十郎の二人がつく。おこまと小才次は三津浜に到着した奴らの行動を見張ってくれぬか。あかを連れて参れば伝令の役に立とう」

「承知しました」

その夜の打ち合わせは終わった。

三

初日に続いて二日目も、未明のうちに内浦三津浜を江川家所蔵の小帆船韮山丸が出立した。高島秋帆一行に同道するのは夏目影二郎と菱沼喜十郎の二人だけだ。

小才次とおこまは韮山から峠越えと駿河湾沿いの海道の二手に分かれ、鳥居の私兵の内浦三津到着を見張ることにした。

あかはおこまに従い、沼津から駿河湾沿いに三津へと抜ける海道の小さな峠に配された。

高島秋帆は淡島沖にひっそりと停泊する新鷹丸に韮山丸から乗り移ると、幕府御船手方向井将監の船手同心、主船頭の井熊陣五郎に碇を上げるように命じた。

「碇上げ！」

新鷹丸の船上に井熊の声が響いた。

二日目からは航行しながらの砲撃演習へと進むのだ。船を走らせながらのカノン砲操作である。操船も砲撃も一段と難しさを増した。わずか一日の実射で海戦での砲撃演習に移ったことになる。だが、教える高島にも習う江川や下曾根にも時間がなかった。限られた時間内に少しでも西洋との技術の差を縮めねばならなかった。

新鷹丸の出船準備が整う間に影二郎は韮山丸の船頭にあれこれと指示をした。

「夏目様、駿河灘はわっしらの庭でございますよ、江戸の者に自由にはさせませぬ」

と言い切った船頭が二人の仲間に命じ、新鷹丸の舷側から離れさせた。新鷹丸の周りを随伴しつつ鳥居派の攻撃に備えようというのだ。

江川太郎左衛門と下曾根金三郎は、二組に分けた農兵隊をそれぞれ率い、右舷のカノン砲二門と左舷の二門を担当することになっていた。

「帆を揚げよ！」

艫櫓から命ずる主船頭井熊の声も緊張していた。

走行する船上からカノン砲の砲撃を試みるのはだれもが初めてのことだった。操船と砲撃術がうまく嚙み合わなければ、その効果は得られなかった。

西洋の海戦では大砲を積んだ巨大な砲艦同士が、荒れる海で、さらに刻々と変わる間合いの中、砲撃戦を繰り広げるという。

高島秋帆も太郎左衛門らも承知していたが、そのような高度な技など試すべくもない。

ともかく走行中の船上からの砲撃が可能かどうかが、この日の課題だった。

新鷹丸の一枚帆が広がり、風を受けて駿河湾の奥へと滑り出した。

「砲撃準備！」

右舷の江川組からまず命が下り、下曾根組も続いた。

影二郎と喜十郎は舳先に陣取っていた。

一文字笠が風圧にばたばたと鳴った。

この日、喜十郎は弓に弦を張り、いつでも箭が放てる仕度を終えていた。

「おおっ」

と喜十郎が声を上げた。

朝陽を浴びた富士の高嶺が、西進する新鷹丸の右舷側に美しくもそびえて見えた。

影二郎も喜十郎の視線の先を見て、

「これはなんとも大きな富士山かな。海からそそり立って、なかなか勇壮な眺めじゃぞ」

と感嘆の声を漏らしていた。

二十三反の帆に風を丸く孕んだ新鷹丸は、駿河湾を二つに断ち切るように航行していた。

「最大射程、仰角上げよ！」

陣笠を被った太郎左衛門が農兵隊に号令を発し、砲身が最大限に上げられた。

「射程最大、よし」

農兵隊の組頭が答えた。

「一番砲、二番砲、富士の高嶺に向かって連続砲撃せよ！」

「連続砲撃、撃て！」

組頭の声が海上に響く中、一番砲の砲口から砲弾が飛び出し、
ずずーん！

と海を震わして朝焼けの富士に向かって飛んだ。

大きな弧を描く砲弾が二十丁ばかり先の波間に落下して水煙を上げたのを影二郎は見た。さらに二番砲も撃ち出されて、ほぼ同じ海域に落ちた。

太郎左衛門が韮山代官領から集めた若者たちはこれまでの座学で砲術を学び、昨日の実射演習を経て、自分たちの技術に自信を持つことができた。二日目にな

ると余裕を持ってカノン砲を操作していた。

「左舷方砲撃準備！」

「左舷準備よし！」

下曾根組も遺漏なく砲撃の仕度を終えて、三番砲四番砲が立て続けに今度は伊豆半島の山並みに向かって撃ち出された。

「江川どの、下曾根どの、接近戦砲撃準備をなされよ」

高島秋帆の新たな命が響いた。

高島は阿蘭陀海軍の仕官から砲撃を学んだゆえに、号令はすべて阿蘭陀語で慣らされていた。だが、江川らに伝授するに際して和語に命令を変えた。だが、まだ決まった号令はなくその場その場で表現が幾分異なった。

太郎左衛門は和語の統一された号令が必要だと砲撃の準備の合間に頭に刻み込んだ。

帆走する新鷹丸からの砲撃訓練は休みなしに半刻、さらに一刻と続いた。

殷々たるその砲声は伊豆の西海岸から風に乗って駿河湾沿岸に伝わっていった。

海風に乗った砲声は田子の浦の外れにいた幡谷籐八一行の耳にも届いた。さらに東海道を南に進もうとしていた幡谷は、

「なんと驚いたものよ。高島秋帆め、長崎に帰ると見せかけて韮山の代官領内で大砲の試し撃ちをしておるぞ」

「あれが大砲の音にございますか」

同行する刺客団の頭分縫沢八郎兵衛が問う。

「あのような音が雷鳴であろうはずもないわ。なにより空は晴れ渡っておるではないか」

「伊豆に急行いたしますか」

と縫沢が訊いた。

「湊に参り、荷船か漁師船を調達せよ、陸路を戻るよりずっと近かろう。駿河湾を押し渡る」

小才次は韮山から三津に通じる切通しで、昨夕三嶋大社の鳥居前で見た高野左中ら一行が来るのを待っていた。

この切通しにも新鷹丸の船上から撃ち出される砲声が届いていた。

「なかなか音の間合いがよくなったぞ。二日目にして西洋式の大筒の操作を会得されたとみえる」

と独り言を言う小才次の目に一人の剣客が目についた。

高野左中一行から離脱した老狐が飄然と切通しをやってくる。

(影二郎様は心当たりがあるようなことを申されたが……)

長年の廻国修行の厳しさを痩軀に漂わせて、剣客は小才次が佇む路傍を通り過ぎようとした。

小才次は咄嗟に、

「申し、どちらに参られるので」

と声をかけていた。老狐が、
じろり
と小才次に視線を回した。

その瞬間、小才次の体は恐怖に射竦められ、金縛りにあったように身動きがとれなくなっていた。

わずかに開かれた双眸に鈍い光が宿り、その奥に諦観とも憤怒ともつかぬ感情が漂っていた。底知れぬ虚無は串木野虎之輔の放浪の暮らしから生じたものだった。

切通しから老狐剣客の姿が消えた。

小才次の金縛りが解けた。

ふうっ
と大きな息を吐いた。

そのとき、おこまとあかは三津浜から半里ほど沼津に寄った内浦小海の漁村で峠の上を見張っていた。小海は内浦湾の北に位置し、小海に下ってくるうねうねとした山道が見通せた。

ずずーん
砲声が響いた。

おこまが朝から続く新鷹丸の砲撃演習を眺めた。

帆に風を孕んだ幕府御用船が波を蹴立てながら帆走し、船縁から次々と砲弾が撃ち出される光景が遠くに見えた。

「船で間近に大筒の音を聞くよりも、この峠道がなんぼかいいよ、あか」

とおこまがあかに言い掛けた。

小海の浜でも漁師たちが帆走しながら砲撃を続ける新鷹丸を望遠し、

「孫平よ、今度は淡島沖の岩根付近に大筒の玉が落ちたぞ」

「魚の棲処が壊されめえか」

「あん程度の大筒玉では海はびくともしめえよ」

「おっ、今度は四門同時に撃ち出したぞ、なかなか見応えがあるのう」

「そうかのう」

と大騒ぎして演習を見物していた。

あかは峠道の桜の葉が作る日陰に座って峠の上を眺めていた。

だが、峠の上からやってくる人影は旅商人か数人連れの男女で、隊伍をなして三津へとやってくる様子はなかった。

「あか、高野左中一派は小才次さんの峠道かねえ」

と呟いたおこまの目が沖合いに帆走する船影を見た。それは新鷹丸が砲撃演習をしている海へと向かっているように思えた。

「あか、あれはなんだろうね」

と犬に問うたおこまが、

「よし、私たちも漁師さんの船を雇って淡島沖へ押し出すよ」

とあかに告げると、あかが立ち上がり、胴震いするように体を動かした。

菱沼喜十郎は弓を手にしながら、

「影二郎様、ちと不審な船が参りますぞ」

と砲撃に見入る影二郎に教えた。

影二郎が視線を巡らすと、沿海を航行する百五十石ほどの帆船が新鷹丸の砲撃を続ける海へ無謀にも突入してくる気配があった。

「影二郎様、人影が十数人見えますぞ」

「小才次が昨夕見かけた幕府天保改革浪士隊ではあるまい。偽の高島秋帆一行に踊らされた幡谷籐八らじゃな」

「いかにもさようかと存じます」

「砲撃の邪魔をさせてはならぬ。われらが韮山丸に乗り移ろうか」

影二郎の声に喜十郎が舳先から立ち上がると、韮山丸も怪しい船影に気付いて新鷹丸の後尾を追走していた。

「高島先生、主船頭どの、邪魔が入った。われらが追い出すで暫時韮山丸に乗り移る時間を下され」

と影二郎が叫ぶと艫櫓で砲撃を指揮していた秋帆と主船頭の井熊が、

「承知しましたぞ」

と船足を緩める命を発した。

影二郎と喜十郎は新鷹丸の舷側すれすれに併走する江川家の韮山丸に飛び移った。

「心置きなく演習をお続け下されよ」

影二郎の叫ぶ声に高島秋帆が手を振り返して応え、新鷹丸は再び猛訓練に戻っていった。

影二郎らを乗せた韮山丸は方向を転じて急接近する帆船に舳先を向けた。距離は十数丁ほどあった。

喜十郎は箭を手にした。

影二郎は三津より北側の浜から漁師船が乗り出してくるのを見ていた。

幕府天保改革浪士隊かと注視したが、四十数人の大勢を乗せる大きさの船ではなかった。

おこまが不審な船影を見つけて駆け付けるところであろう、と影二郎は推測し、帆船へと視線を戻した。

すでに両船の距離は七、八丁に縮まっていた。

帆船上でも人が立ち上がっていた。

「やはり幡谷籐八の組にございますな」

「江戸町奉行の支配地は江戸八百八町内と決まっておる。内与力風情が不逞の輩を率い、幕府の海防策の一環に首を突っ込んでくるとは考え違いも甚だしいわ」

南蛮外衣を手にした影二郎は江川家の韮山丸の舳先に仁王立ちになった。さらに間合いを詰めてきた帆船上から幡谷籐八が、

「あやつが夏目影二郎じゃぞ、討ち取った者には約定どおりに報奨を出す！」

と叫ぶと、

「わあっ！」

というどよめきが起こり、

「それがしが一番手を志願いたす」

「ならぬ、一番槍はそれがしと心に決めて参った」

などと言い合った。

さらに二隻の船が接近した。

幡谷籐八らが乗る百五十石の荷船は韮山丸の二倍の大きさがあった。だが、元来、沿海を移動する荷運び船だ。船足も上がらず、操舵性能は決してよいとは言えなかった。

それに対して韮山丸は太郎左衛門が本で見た南蛮船を模して造った帆船だ。荷船よりはるかに操舵性も船足もよかった。

「妖怪奉行の内与力がなに用あって駿河湾まで出張って参った」

影二郎の叱声に、

「吐かすな。わが主は江戸南町奉行の職掌のみならず国政に参与なされる権限を有しておられる」

「初耳よのう、あまり張り切られると糞溜めに嵌り込むぞ」

「そなた、大目付常磐秀信様の妾腹と聞いておる。そなたの方こそ僭越至極、われらの御用の邪魔をいたすでない」

と幡谷籐八が叫んだ。

すでに二つの船は半丁ほどの距離ですれ違おうとしていた。帆船から弓を構えた浪人が立ち上がった。片肌を脱いでなかなかの構えと見えた。

喜十郎も同時に立ち上がった。

二人の弓手が弓を構え合い、絞り合った。

新鷹丸が砲撃演習を再開したか、

ずずーん

と腹に響く砲声が聞こえた。

その砲声に誘われるように先に弓弦を鳴らしたのは荷船の弓手だ。

弓を離れた箭が菱沼喜十郎に向かって飛んできた。

しばしの間をおいて喜十郎が放った。

その直後、相手が射た箭が喜十郎の鬢(びん)を掠(かす)めるように飛び過ぎた。

だが、喜十郎はびくともしなかった。

箭が外れたと知った相手は二の箭を番(つが)えるために体を動かそうとした。

その胸に喜十郎の射た箭が突き立った。

「うっ」

と体を竦ませた相手は必死でその場に踏ん張っていたがとうとう堪(こら)えきれず、崩れ落ちるように船縁から駿河灘へと落下した。

「わあっ」

というどよめきが起こり、二つの船はすれ違った。

帆船も江川の船も反転を開始した。

回転性能がよい韮山丸が先に反転し、それから遅れて百五十石の荷船がなんとか回り終えた。

今度は舳先と舳先を合わせるように接近した。

おこまは漁師船の船上から二合目の船戦を眺めていた。戦いの場に到着するには三丁ほど離れていた。

見る見る二つの船影が一つに合わさり、船縁を合わせた荷船から鳥居の私兵たち数人が韮山丸へと飛び移ろうとした。

その瞬間、影二郎が手にしていた南蛮外衣に力を加えた。

黒羅紗の表地と猩々緋の裏地が波打って大輪の花を波の上に咲かせた。南蛮外衣の両裾に縫い込まれた二十匁の銀玉が創り出す玄妙な花だった。

抜き身を翳(かざ)して影二郎に襲い掛かろうとした鳥居の私兵たちの顔面を、肩を、銀玉が打って波間に飛ばした。

「あっ！」

三人目はかろうじて南蛮外衣の反撃を逃れた。

「仇(かたき)討ちじゃあ！」

と斬りかかるその眼前に再び捻りを加えられた南蛮外衣が翻り、銀玉が縫い付けられた裾が刀を弾き飛ばし、さらに首に南蛮外衣が巻き付き、それを影二郎が片手で巧妙に引き戻した。

相手の体が南蛮外衣に巻かれて海に飛んだ。

「た、助けてくれ。お、おれは、泳げぬ」

と悲鳴を上げてもがくところにおこまとあかが乗った漁師船が到着し、

「ほれ、棹につかまれ」

と漁師が竹棹を突き出した。

荷船と韮山丸の舷側が激しくぶつかり、二つの船の間が開いた。

その間に漁師船に鳥居の私兵の一人が助け上げられた。

「無駄な戦いですよ」

と呟いたおこまが、すでに用意していた亜米利加国古留止社製の連発式短筒を構えた。

「姉さん、おまえさんは代官の知り合いというが只者じゃねえな」

小海村の漁師が感心する間もなく荷船の帆に向かって引き金が絞られ、銃弾が風を孕んだ帆を撃ち抜いて穴をあけた。見る見る船足が弱まり、戦いは一旦終息した。

四

南町奉行鳥居耀蔵の内与力幡谷籐八が率いる私兵を乗せた荷船は、おこまの短筒一発で帆に穴があけられ、その穴に海風が通るたびに、

びりびり

と裂けていく。

慌てた船頭らが帆を下ろし、櫓を使って戦いの場から退いていった。最初から金で雇われた船頭で、まさか船戦に巻き込まれるなど考えてもいなかった。

「こんな約束ではありませんぞ」

と逆らうと刀で脅されての操船だった。

「帆を破られるなんて聞いちゃいねえ」

と櫓にすがって必死に戦いの場から逃げ出した。数合の攻防に数人の私兵を失い、戦意を喪失した幡谷も船頭の言葉に抗うことはもはやできなかった。

緒戦、勝ちを得た韮山丸におこまの乗った漁師船が横付けにされ、

「漁師さん、お世話になりました」

と礼を述べ、あかと一緒に乗り移ってきた。

「男二人、おこまの露払いをしたようじゃな」

「新鷹丸の大筒には敵いませぬが、ときにはおこまの古留止も銃身の錆を払ってやりませぬとな」

と影二郎の苦笑いにおこまが平然と答えたものだ。

その間にも新鷹丸の砲撃演習は続いていた。

わずか二日の実戦演習だが、中味は濃いものだった。

江川太郎左衛門らの砲術操作の技術が上がったばかりではなかった。

なにより幕府御船手方向井将監の支配下船手同心井熊陣五郎が指揮する操船技術が格段に上がっていた。砲撃のために普段はやらない操船を砲術家高島秋帆に要求され、砲術は砲術方だけが技を磨いても駄目だと覚っていた。砲術と操船とが呼吸を合わせることがなにより大事と学ばされた。

最速航行での砲撃は過酷な条件の下で実施される。

主船頭は風向き、波など自然条件を瞬時に読み取り、船の体勢を保持せねばならなかった。また砲撃の衝撃に耐えるためにしっかりと操船する必要があった。

井熊は二日目にして砲撃しつつ操船する技を呑み込んでいた。

幕府御船手方は鎖国政策の煽(あお)りか、

「戦わない海軍」

を宿命づけられ、御船手頭を世襲する向井家は、何百年も遅れた操船術で御召船を操船、管理する役人に堕していた。河川航行か近海航行にしか役に立たない御船手方が、

「海軍」

と呼べるわけもない。

だが、今高島秋帆らから求められているのは臨機応変の操船技術だ。砲の操作と船の操舵がうまく嚙み合ったとき、砲弾は的確に撃ち出され、精確に着弾した。だが、その瞬間を読み違えたり操船に誤りがあったりすると、砲弾はあらぬ方向に飛んでいく。

高島も必死で指導し、井熊らは砲撃の度に操船の呼吸をつかんでいった。

昼前、砲声は止み、演習は休憩に入った。

淡島沖に碇を下ろした様子に韮山丸が新鷹丸に接舷し、用意していた昼餉の握りめしを運び上げた。

御船手方と農兵隊の面々は束の間の休息に入った。

影二郎らも新鷹丸に乗り移り、高島らと一緒に昼餉を取ることにした。

その場には高島の二人の門下生太郎左衛門と下曾根と、主船頭井熊ら幹部が車座になっていた。御船手方の水夫と農兵隊は新鷹丸の船上の思い思いの場所に座って握りめしを頬張っていた。

「邪魔者退治、ご苦労にございましたな」

と太郎左衛門が影二郎に礼を述べた。

「おこまの短筒一発で退いていきました」

影二郎が笑い、おこまが短筒を発射した様子を見ていたか、高島が、

「おこまさんはわが大筒にも負けぬ武器を懐に隠しておいでのようだ」

と興味を示した。

おこまが道中嚢に仕舞いこまれた亜米利加国製の連発式短筒を出して見せた。

「おお、これは古留止社が開発した大型の連発式短筒ですな」

影二郎が入手した経緯を話した。すると高島が、

「江戸にこのようなものが流れ込んでおりましたか。おそらく長崎口ではありますまい。薩摩が琉球辺りで異国の船から高値で買い込んだ品です」

と手にして重さを量っていたが、

「異人の武器はどれも大きい。この短筒はその中でも威力のある銃弾を使用しておるので、撃った後の反動がもの凄いと聞く。女性(にょしょう)のおこまさんはまたどう衝撃を克服されましたか」

「最初は体ごとふき飛ばされそうな衝撃でございました。銃弾もあらぬ方向に飛びます。そこでおこま流の両手撃ちを工夫し、撃鉄(げきてつ)が下りた後に銃の反動を逃すことを思い付き、狙いも定まるようになりました」

「おおっ、今、おこまさんが申されたことは砲術の要諦と全く同じですぞ。代官どの、下曾根どの」

と高島が二人の門下生に告げた。

「おこまさんの話を聞いていて、高島先生がわれらに注意なされることと一緒だと感心しておりました」

「ここにも砲術の先生がおられましたか」

と太郎左衛門と下曾根が口々に言った。

「おこまさん、われらにそなたの腕前を披露してくれませぬか」

と高島が言い出した。太郎左衛門もぜひと口を揃え、おこまが影二郎の顔をちらりと見て、

「幕府砲術方高島秋帆先生のご命ゆえ、恥ずかしながら我流の射撃を演じます」

と言うと、被っていた菅笠の紐を解き、

「影二郎様、この菅笠を海に向かって投げては頂けませぬか」

と頼んだ。

「おこま、それがしが投げた菅笠を射抜くと申すか」

「さて、どうでございましょう」

握りめしを食うのを止めた船上の全員が、おこまの言動を注視していた。

「おこま、一つではそなたも芸のやり甲斐があるまい。三つ四つの乱れ撃ちを披露せえ」

影二郎は農兵隊の若者が被っていた菅笠を、

「明日にも代官どのから新調してもらえ」

と三つ借り受けた。これで影二郎の手に四つの菅笠が持たれたことになる。

おこまと影二郎は新鷹丸右舷に三間の間合いで並び、おこまがその手に比して大きな短筒を提げて、

「浅草奥山の水芸人水嵐亭おこま、これより演じまするは海の彼方の亜米利加国は古留止社が製造した連発式短筒の、早撃ち芸にございます。うまく当たりまし

たら拍手ご喝采！」

と言うと農兵隊の若い衆の一人が、

「おこま様、待ってました！」

と合いの手を入れた。

「用意はよいか、おこま」

「いつなりとも」

影二郎が呼吸を整え、左手に重ねて持っていた菅笠の一つを右手に持ち替え、

「参るぞ！」

と叫ぶと虚空に斜めに投げ上げた。菅笠は、

くるくる

と回転しながら風に乗り、海上七、八間の高さを飛翔した。

両足を開いて腰を沈めたおこまはすでに両手で古留止社製の連発式短筒を保持していたが、

「はっ」

と自らに気合を発すると菅笠が落下に移るのを見定め、引き金を絞った。

ずどーん

という銃声の後、菅笠に穴があき、虚空に四散した。

「おおっ！」

というどよめきが船上に起こり、影二郎が二つ目、三つ目、四つ目と角度や投げる方向を変えて次々に放り投げた。

「はっ」

おこまが立て続けに引き金を引き、一発撃つ度に銃口が少し跳ね上がり、それをおこまが巧みに元の構えに移して狙いを修正して新たな弾丸を発射し続けた。

影二郎の手から投げられた菅笠は海に落ちる前に全て穴があけられ、力なく波間に落下した。

「お見事なり！　見られたか、代官どの、下曾根どの。おこまさんが披露なされた速射は大砲の砲撃にも通じますぞ」

「いや、驚きました」

「われら、言葉もない」

と二人の門弟が驚嘆し、驚きのあまり言葉も発することなく沈黙していた船上の一同が、
どどっ

と割れ返り、拍手喝采が沸き起こった。

「江川どの、下曾根どの、おこまさんの射撃は我流と申されるが理に適うてござる。二人のよき手本にございますぞ」

「いかにもいかにも」

と得心する太郎左衛門らに、

「お二方はすでに砲術の基礎は会得なされておる。あとはどれだけ実戦を積むかだが、ただ今の幕府ではこのような機会は当分巡りこないであろう。昼からは全速帆走に加え、右舷左舷転進、反転航海しながらの、精確な砲撃演習を行いましょうぞ」

「承知しました」

その頃、小才次は峠道から内浦三津浜へと戻ってきた。すると沼津から下田に走るという飛脚が浜のなんでも屋で休憩して、漁師たちと大声で喋っていた。なんでも屋はその名のとおり旅籠から雑貨屋、伝馬宿などを兼ねていた。

「こちらも賑やかじゃがのう、口野の浜も大騒ぎじゃぞ」

「大騒ぎとはなんだ、代官様の大筒演習か」

「それと関わりがあろうよ。幕府天保改革浪士隊とか申す大勢の侍が沼津から押送り船をよ、三隻ほど強引に借り上げてよ、鉄砲やら火薬を積み込んでの戦仕度だ」

小才次は飛脚の男に歩み寄った。

押送り船とは鮮度が命の魚を市場まで一刻でも早く届ける五挺櫓の早船だ。

「浪士隊とやらはなにをしようというのか、伝吉さんよ」

と漁師の一人が飛脚に訊いた。

「なんでも代官様の演習を止めるのだとか、捕まえるとか噂が飛んでおるがのう」

「馬鹿吐かせ。太郎左衛門様は代々の徳川様の代官じゃあ、それにこたびの演習はお上のお声がかりと聞いたぞ。それをなんで浪士隊なんぞが取り締まれる」

「おれに詰め寄られても知らねえよ。おれは噂を話しただけだ」

「飛脚さん」

と小才次が飛脚の伝吉に声をかけた。

「鉄砲だ、火薬だと申されたが、関所は鉄砲には殊の外厳しかろう。どうやって浪士隊がそのようなものを江戸から運んできたのであろうかな」

「太郎左衛門様の江戸本所屋敷の奉公人にございますよ」

と小才次は嘘をついた。

「おまえさん、浪士隊はなんでも老中御用の立札を荷駄の上に立てて箱根の関所を押し通ってきたそうな。それに鉄砲もよ、入りは厳しいが出の調べはかたちばかりだ。なにより老中御用とあるからには箱根の関所も文句のつけようもあるまい」

「火薬と申されましたが、なにをする気ですな」

「押送り船に積んでよ、代官様の大筒船に突っ込ませる算段じゃねえかねえ」

と伝吉は勝手に推測し、

「油を売り過ぎたぜ、下田までは遠いや」

と言い残すと韋駄天のように土肥に向かって走り去っていった。

小才次はその背を見送っていたが、視線を漁師に向け直し、

「どなたか、淡島の沖合いまでわっしを運んではくれますまいか」

と頼んだ。

「大筒でずどーんと撃たれちゃあかなわねえがね」

「太郎左衛門様が土地の方や奉公人に砲筒を向けなさるものですか、大事な御用でございますよ」

「よし、おれが行こう」

と若い漁師参太郎が名乗り出た。

新鷹丸では砲撃演習が再開されようとしていた。

おこまは韮山丸に乗り移ろうとして、小才次が乗る漁師船の接近に気付いた。

「影二郎様、小才次さんが参られましたよ」

と報告すると影二郎が疾風のように接近する漁師船の様子に、

「高島先生、太郎左衛門どの、なんぞ新たな異変が起こった様子、小才次の話を聞いてから演習を再開されても遅くはございますまい」

と言った。

「いかにもさよう」

高島秋帆が主船頭に碇を上げるのをしばし待てと命じた。

その間にも漁師船が新鷹丸に近付き、

「代官様よ、おまえさまの奉公人を運んで参りましたよ」

と櫓を漕ぐ参太郎が叫んだ。

「参太郎、ようやってくれましたな」

と太郎左衛門が叫び、漁師船が新鷹丸に横付けされた。

小才次が縄梯子を上がり、新鷹丸に乗り込んだ。

「高野左中なる内与力が率いる浪士隊が姿を見せたか」

影二郎の問いに小才次が飛脚から聞いた話を手際よく報告した。

「沼津から押送り船に分乗して参ったか」

「鳥居様も鉄砲やら火薬を老中御用と称して江戸から運んでこられるとは大胆不敵ですな」

と太郎左衛門が呆れ返った顔付きで言った。

「あのお方、一つの考えに取り付かれると他はなにも見えない御仁ですよ。この高島秋帆がよほど憎いと見える」

「どうしたもので」

と訊く影二郎に高島が、

「西洋式の大筒の威力見せてやりましょうかな」

と笑った。

打ち合わせが素早く行われ、新鷹丸は碇を上げた。

影二郎と喜十郎とおこま、それにあかは韮山丸に移乗し、小才次は新鷹丸の舷側で様子を見ていた参太郎の漁師船に戻り、二隻の船は新鷹丸から離れた。

新鷹丸もほぼ同時に動き出した。

高櫓の水夫の一人が早速、

「丑寅の方角より押送り船三隻接近！」

と叫び、新鷹丸は戦闘態勢に入った。

江川太郎左衛門は右舷のカノン砲二門を、下曾根金三郎が左舷の二門を指揮するのはこれまでどおりだ。

「砲撃準備！」

「装弾せよ！」

という声が矢継ぎ早に響いた。

高櫓では高島秋帆が愛用の遠眼鏡で押送り船を見た。

三隻は間隔を開いて五挺櫓で猛然と距離を詰めてきた。

「なんと」

と驚きの声を上げる高島を、船手同心にして主船頭の井熊陣五郎が見た。その

気配を感じた高島が、

「見られよ」

と南蛮渡りの遠眼鏡を井熊に渡した。

「お借りいたす」

と片目を当てた井熊も、

「これは驚いた。どこであのように古々しい種子島を何十挺も調達してこられたか。南町奉行はなにを考えておられることやら」

と驚きの声を上げた。

「二百年も二百五十年も前の種子島で西洋式の大砲に挑もうとは、まさに鳥居耀蔵様の頭は桶狭間の戦時代のままだ」

「高島先生、種子島は恐れるに足りませぬが、黒火薬を積んだ押送り船に体当りされるのは願い下げにして頂きたいもので」

「まあ、代官どのと下曾根どのの腕の見せ所にござろう」

と高島秋帆が答えた、そのとき、太郎左衛門の一番砲が押送り船に向かって発射された。

ずずーん！

海上を揺るがして砲弾が弧を描き、押送り船前方半丁の海面に落下して巨大な水煙を上げた。それに対して押送り船の種子島が豆鉄砲のように、

ぽんぽん

と発射され、海面に弾が雨粒のように落ちた。

「押送り船の船頭衆に申し上げますぞ！　船を捨て、海に飛び込みなされ。われら二隻の船がそなた方を拾い上げますでな！」

漁師船から小才次が叫び、押送り船の船頭らの耳に届いた。

「命あっての物種、そちらとこちら、どちらが正しき者か、韮山代官様に訊くまでもございませんぞ！」

下曾根金三郎の三番砲が発射され、先頭を行く押送り船の半丁前に砲弾が落下して、押送り船を激しく揉みしだいた。

その瞬間、押送り船の漕ぎ方が一人二人と海に飛び込み、韮山丸と参太郎の漁師船が飛び込んだ男たちの近くへと急行して拾い上げた。それを見た残りの漕ぎ方が一斉に海に飛び込み、韮山丸や漁師船に泳いできた。

太郎左衛門の二番砲が慎重に船足を緩めた押送り船に向かって狙いをつけて発射された。

砲弾は見事に散開する押送り船三隻のど真ん中に着弾して水煙を上げ、高野左中らに海水を頭から被せた。

種子島とカノン砲の威力の差以上に高島秋帆らと鳥居配下の高野左中の間には余りにも深い断裂が横たわっていた。

三隻の押送り船は船頭も漕ぎ方も失い、海水を被って哀れ波に揉まれていた。

戦いはすでに決していた。

勝利したはずの江川太郎左衛門らの胸の中を寒々とした気持ちが覆っていた。

押送り船に種子島、新鷹丸に西洋式大筒の差は、徳川幕府と異国の技術の差に他ならなかったからだ。

高島秋帆が、

「この彼我の差を鳥居様がとくと考えられるとよいが」

と高野らを生き残らせた理由を呟いた。

第五章　双子剣客

一

夜の箱根路を五頭の馬を引いた夏目影二郎らが黙々と歩いていく。

馬上には後ろ手に縛られ、猿轡(さるぐつわ)をかまされた江戸南町奉行鳥居耀蔵の内与力高野左中と幕府天保改革浪士隊の頭分二人と菰包(こもづつみ)の荷が乗せられていた。

箱根関所三島側の閉じられた出入り口に影二郎ら一行が到着したのは八つ（午前二時）の刻限だ。むろん箱根関所はひっそりとしていた。

影二郎らは無言の裡に動いた。

馬の背から高野らを下ろして関所の柵に縛り付け、荷駄から菰包を下ろして解くと、淡島沖で押送り船から押収した種子島を三人のかたわらに立てかけた。

「よし」

と呟いた影二郎が最後に恐怖に両眼を見開いた高野左中らの首から胸の前に短冊をかけた。

「大久保様のご家中には、ちと迷惑をかけるな」

と言葉を残した影二郎は同行してきた菱沼喜十郎、おこま、小才次、それと江川家の若い衆幹吉と一緒に空荷になった馬を引いて関所前から離れた。

数丁も関所から離れた場所で一行は足を止め、それぞれ馬に乗った。箱根の山に精通した幹吉が道案内に先頭に立つと暗い夜道を進み始めた。

半刻後、一行は箱根峠に達していた。

朝の気配が東空にかすかに現われ、山道もうっすらと見えてきた。

「夏目様、早足で参ります」

「よかろう」

幹吉は豆州韮山領を目指す山道に馬を乗り入れ、馬腹を軽く蹴った。

五頭の馬は草木の葉に結ぶ夜露を蹴り飛ばしながら箱根の山中を走り出した。

淡島沖の一方的な海戦の直後のことだ。

影二郎らは戦意を喪失した浪士隊の押送り船に、一旦は海に飛び込んで船から逃れた沼津の船頭や漕ぎ方を戻し、再び櫓を持たせて内浦三津浜に船ごと運ばせた。

抵抗の構えを見せたのは高野左中の乗る押送り船だけだった。

だが、新鷹丸のカノン砲の砲口が向けられ、その上、農兵隊が徳丸ヶ原で試射に使った英吉利国製元込め式エンフィールド連発銃に狙いをつけられては抵抗のしようもなかった。

三隻の押送り船が三津浜に着くと浪士隊の面々は韮山代官屋敷に送られ、当分の間、代官所の牢に幽閉されることになった。江戸の鳥居の動きを牽制するために人質にとったのだ。

だが、高野左中と頭分の二人は押収した種子島と一緒に影二郎らが箱根関所へと運んでいった。

その任務も終わった。

山道から相模灘の海が見え始め、日輪が海に上る気配があった。

「はいよ」

幹吉がさらに馬腹を蹴って、尾根道を五頭の馬が疾走した。

その刻限、箱根の関所前では大騒動が起きていた。

小田原藩大久保家が管轄する箱根関所の小者が三島側の大門を開くと人だかりができていた。

「なに事か」

人だかりが散ると柵の柱に三人の男が縛られ、その前に種子島鉄砲が何十挺も置かれていた。

鉄砲は関所が一番気を使う物品だ。まして三島側からとなると、「入り鉄砲」だ。

「た、大変だ！」

すぐに箱根関所の役人に知らされ、関所から血相を変えた手代たちが飛び出してきた。

「こ、これは」

と絶句した役人は両眼を瞑り、顔をうなだれた三人の首から吊るされた短冊に目を留めた。二人の短冊には、

「老中御用」

「鉄砲抜け荷候」

とあり、三人目、高野左中の首には、

「その昔　南蛮渡来の種子島　今は南の玩具なりけり」

という狂歌が書かれていた。

「この者たち、数日前に幕府天保改革浪士隊などという幟を立てて関所を通過した一行の頭分ではございませんか」

「おおっ、確かに老中御用の立札を馬の背に立てておったな」

「偽の立札にござろうか」

と関所役人が言い合い、

「なんにしても鉄砲を抜け荷させたとは不届き千万であるぞ」

「それにしてもこの狂歌の意はどういうことでござろうな」

「言葉どおりであろうが」

「いえ、南の意味が分からぬ」

「南か、人名かのう」

「ご同輩、これはひょっとしたら、南町奉行を指すのではございませんか」

「なにっ、南町とな。確か最近鳥居甲斐守様が南町奉行に就かれ、天保改革に辣腕を振るっておられると噂が流れてきておったな」

「となると韮山代官江川様の領内から大砲試射の報が伝わってきておるが、そのことと関わりがあるのではなかろうか」

「いかにもさようだ。鳥居様はなかなかの蘭学嫌い、あれこれと異国の事情に詳しい韮山代官とは反りが合わぬと聞いた」

「それだ、早々に小田原へ知らせて指示を仰がねばなるまい」

関所役人たちは高野左中ら三人と種子島鉄砲を関所の中へと運び込んだ。

影二郎らは鞍掛山（くらかけやま）の山頂下の小さな峠で馬を休めた。岩場から清水が噴出して、辺りに清涼な空気を漂わしていた。また峠からは相模灘と駿河湾、二つの海が見えた。

「一仕事終え、壮快な気分かな」

と影二郎が菱沼喜十郎に笑いかけた。

「大久保家には面倒をかけますな」

「箱根関所を差配しておられるのだ、いたし方あるまい」

と影二郎が他人事（ひとごと）のように答えた。

「この一件、江戸に伝わりますと大騒動間違いなしですぞ。鳥居様も窮地に陥ることでしょうな」

「妖怪のことだ。言を左右にして逃げ果せような。なにしろ後ろ盾に老中どのが控えておられる」

「それにございますよ。水野忠邦様は高島秋帆様や太郎左衛門様方に西洋式砲術の習得を命じ、その一方で蘭学嫌いの鳥居様のようなお方を登用なされる。これでは幕閣の中に争いの種を撒き散らしているようなものではございませんか。どういうことにございますな」

「一方に与することなく、あちらの顔もこちらの面子も立てようとなされるのが水野様の度量の小ささを表わしておる。国難が襲いこようとする折り、定見もなき方が老中におられるのは真に不幸なことよ」

馬に積んできた包みを幹吉とおこまが下ろし、倒木の上で開いた。そこには竹皮に包まれた握りめしと沢庵の古漬け、それに徳利に茶碗が添えられていた。

「喉がお渇きになったのではありませんか」

「箱根山中で馬方の真似だ、喉も渇く」

影二郎の茶碗に酒が注がれると辺りに酒の香がほのかに漂い、広がった。次いで喜十郎、小才次、幹吉に酒が配られた。

「私はこの岩清水がようございます」

とおこまは岩場から湧き出す清水を茶碗に受けた。

「ご苦労であったな」

一同は茶碗を上げて徹夜の行軍の成功をひそかに祝した。

影二郎は茶碗の酒を喉に落とした。芳醇な香りが口中に広がり、山道を何里も歩いた疲れが溶けていくのが分かった。

「美味い」

と思わず嘆息した。

「影二郎様、高島様方の砲術演習はいつまで続くのでございますか」

「聞いてはおらぬがあと一日二日ではあるまいか。江川様も下曾根様も覚えがよいでな」

「鳥居一派に隠し玉はございますまいな」

「さてのう」

影二郎の脳裏に士学館の虎と呼ばれた串木野虎之輔のことが浮かんだ。だが、

「生きたいように生きる」

と影二郎に告げた串木野のことだ、鳥居耀蔵に忠誠を捧げるとも思えなかった。

「影二郎様、なんぞご懸念が」

おこまの言葉に小才次が、

「あっ！」

と驚きの声を上げた。

「夏目様、昨日からの目まぐるしい動きに大事なことを忘れておりました。申し訳ございません」

「なんだ、小才次」

「へえっ、昨日の昼前、三津浜に入る切通しで老剣客と会いましてございます」

「なにっ、串木野どのがすでに三津浜に入っておられるか」

「私が出会った人物が影二郎様の知り合いと同じ方かどうかは存じませぬが、なかなかの腕前の侍と拝見しました」

「まず間違いあるまい」

串木野が鳥居一派に雇われたのは身過ぎ世過ぎを立てるためであろうと考えられた。なぜならば高野左中の元から勝手に離れたことがそのことを証明しているように思えた。だが、串木野はひとり内浦三津浜に姿を見せているという。

となれば、

(なぜひとりで内浦三津浜へとやってきたか)

この疑問が残された。

影二郎は残った茶碗の酒を呑み干し、握りめしを手にした。

「まさか影二郎様の知り合いはひとりで高島秋帆様の暗殺なんぞをお考えではございますまいな」

「いや、それはなかろう」

おこまの問いに答えた影二郎だが、それ以上口を開くことはなかった。ただ、黙々と握りめしを食べ、沢庵の古漬けを噛んだ。

影二郎らが内浦三津浜に戻り着いたのは昼下がりのことだった。昨日から五人は一睡もしていなかった。

海からは相変わらず砲声が間隔を置いて響いていた。

影二郎は新鷹丸の四門の大砲から打ち出される砲撃の間合いに心地よい律動があることに気付かされた。

(わずか数日の間にようも腕を上げられたわ)

「影二郎様、手綱をお渡し下さい」

とおこまが強行軍をともにした馬を休ませるために、三津浜のなんでも屋の裏庭の馬小屋に引いていった。

浜では今日も漁師たちが駿河灘を縦横に走り回りながら砲撃演習を続ける新鷹丸を望遠していた。

影二郎が訊いた。

「変わったことはないか」

「おまえさま方がおられねえならば、そうそうに昨日のような大騒ぎは起こるめえよ」

と漁師の一人が答えた。さらに影二郎は、

「この浜に老剣術家が逗留(とうりゅう)しておらぬか」

と串木野虎之輔の風体を告げた。

「そんな気味の悪い侍はおりませんよ」

と参太郎が答えた。別の漁師が、

「荷はどこぞに放り出してきたか」

と話題を転じた。

「今頃箱根関所辺りで大騒ぎが起こっていような」

「おまえさま方がおられれば退屈はしねえがよ、口が干上がるだよ。いつ代官様の大砲道楽は終わるかねえ」

「おれの勘ではあと一日二日と見たがな」

影二郎は新鷹丸の砲弾の貯蔵が底を突きつつあることを承知していた。太郎左衛門らの技術向上と合わせると、まずその辺が実戦演習の限界だった。

「おまえさまのご託宣があたるとよいがのう」

おこまが姿を見せて、

「なんでも屋の離れを借り受けました。江川様方のお戻りまで昼寝をなさいませぬか」

と勧めた。

「いや、新鷹丸の様子を見ておこう」

と答えた影二郎はおこまが供をするというのを断り、

「参太郎、船を出してくれぬか」

と頼んだ。若い漁師が、

「合点（がってん）だ」

と立ち上がり、箱根行に同道しなかったあかが浜の船に走った。

三津浜から淡島沖へと参太郎の漕ぐ漁師船は進んだ。この界隈の海を知り尽くした漁師の櫓だ。穏やかな内浦を北上して間もなく淡島の東側に出た。すると波が変わり、船が揺れた。

新鷹丸は江川家所蔵の韮山丸を随伴しつつ、淡島の沖合い一里の駿河湾を東進しながら砲術動作を丹念に繰り返していた。だが、実弾が発射されることはなかった。実弾が底を突いたか。

「この辺でよかろう」

参太郎の櫓が押し寄せる波に漂う漕ぎ方に変わった。

「お侍、わっしらは伊豆の漁師だ。魚を獲って暮らしを立てる。そのことしか知りません。だがよ、なんだか、近頃わっしらがこのままでよいのかと思い迷うことがございます」

影二郎は参太郎の顔を見た。

「いやね、代官様の農兵隊におれの幼馴染みが何人かいるのでございますよ。そいつらから話を聞くと、異国の船は千石船の何倍も大きくてよ、風がなくとも動くと吐かしやがる。そんな馬鹿な話があるものか。お侍、どう思われますね」

「おれも太郎左衛門様のように異国の事情には詳しくはない。だが、聞くところによると新鷹丸の大きさの何倍もある船が帆も上げずに進むことができるそうな。

それが陸地も見えぬ大海原を何日も何十日も続けて波頭何百里も航海することができるというな」

「何百里もか。千石船でさえ陸地が見えるところでねえと走ることができねえがねえ。それも夜になると湊に入る」

「それほど異国の技は進んでおるということだ。江川太郎左衛門様方はそれを知っておられるゆえ、あのように必死で異国のことを学んでおられるのだ」

「やはりな」

「そなた、農兵隊に志願したいか」

「いや、おれはおれだ。この海で魚を獲りながら、家族と一緒に暮らしを立てていきますよ。おれの性に合っているでな」

「それも大事な生き方ぞ」

うなずいた参太郎の船が波に揉まれ、舳先がぐるりと回転した。すると海へと向かっていた船が淡島の方角に転じていた。

「お侍」

と参太郎が呼んだ。

影二郎も参太郎の視線の先を見た。

淡島に一つの人影があった。

串木野虎之輔が波の打ち寄せる岩場に屹立して新鷹丸の帆走する様子を見ていた。

影二郎らの船と岩場の間には四丁余りの距離が開いていた。

参太郎は岩場の方角へと漁師船を接近させせようと櫓に力を入れた。

だが、串木野の眼中には新鷹丸の動きしかないように思えた。船が一丁と近付いた。

破れた菅笠が風にばたばた動き、波が打ちつける度に飛沫を浴びるのが見えた。

「淡島のあの岩場にようも行けたものよ、海からじゃねえと近付けねえ場所だ」

「あのお方、並みの方ではないからな」

と影二郎が答えたとき、串木野がくるりと海に背を向けて岩場を下りると、すたすたと淡島の鬱蒼とした森へと姿を没し去った。

「確かに人間ではねえ、仙人か忍びじゃな」

と参太郎が感嘆し、再び船を海へと向け直した。

その瞬間、新鷹丸が全速帆走で面舵を取った。さらに四分の一ほど円を描いたところで右舷左舷の四門の大砲が連続して斉射する光景が目に入った。

見事な砲術での着弾だった。四門の砲弾は予定された海域二か所に綺麗に揃って落下した。

砲撃を終えた新鷹丸の船足が緩み、軸先を影二郎らが待つ淡島沖へと向け直した。

新鷹丸と韮山丸が舳先を合わせるように影二郎の待つ海へとやってきた。

艫櫓から高島秋帆が手を振りながら、

「夏目様、ご苦労にございましたな。大砲の実戦演習はこれで恙無く終わりましたぞ」

と叫んできた。

左舷の大砲のかたわらに太郎左衛門と下曾根二人が並んで、太郎左衛門が、

「なんとか砲術家の肩書きが頂けましたぞ!」

と嬉しそうに報告した。

徳川の鎖国政策の中にあって西洋式砲術の先駆者高島秋帆から第二世代江川太郎左衛門、下曾根金三郎の時代へと替わった瞬間だった。

「江川様、下曾根どの、おめでとうござる!」

新鷹丸と韮山丸は並んで内浦へと方向を向け、参太郎の漁師船も続いた。

二

内浦三津から幕府御船手方船手同心井熊陣五郎に指揮された新鷹丸が幕臣下曾根金三郎を乗せ、江戸に向けて姿を消した。ほぼ同時に韮山丸が駿府江尻湊に向かって、碇を上げた。

江川家所蔵の韮山丸には大役を果たし終えた高島秋帆、さらには江尻湊まで警護する夏目影二郎、菱沼喜十郎おこま親子、小才次、そして、あかが乗り組んでいた。

新鷹丸と韮山丸が三津浜を出た日、駿河湾は雲ひとつ浮かんでいない日本晴れの上天気で、高貴を湛えた富士が海の上から大きく屹立していた。

駿河湾は東風が吹いて、韮山丸は海上八里余を壮快な気分で一直線に突っ走り、八つ半（午後三時）の刻限には江尻湊に到着していた。

高島秋帆と従者の二人は肥前長崎湊に向かう便船、千石船の雲仙丸に移乗する手筈が決まっていた。すでに雲仙丸は江尻湊の沖合いに停泊して、帆を休めていた。

「高島様、お待ち申しておりましたよ！」

雲仙丸から顔馴染みの船頭が野太い声で迎えてくれた。顔は潮風に晒されて真っ黒に灼け、二の腕も太かった。面構えが海の修羅場を幾度も潜り生き抜いてきたことを示して精悍だった。

「和三郎さん、待たせたかねえ」

「なんの二日ほどだ。豆州淡島沖で砲術演習を横目に見物させてもらいましたぞ！」

韮山丸がゆっくりと雲仙丸に接舷した。

「お世話になりましたな」

と高島が影二郎らに最後の別れを告げた。

「もはや鳥居の手は伸びますまい」

「妖怪どのはそれどころではございますまい。内与力高野と種子島鉄砲、二つの難題を抱えておいでだ、火消しにおおわらわですよ。それもこれも夏目様方の力があってのことです」

影二郎がうなずく。

「雲仙丸ほど江戸と長崎の海路を承知の船もございませんでな、和三郎船頭と水夫は、まず海賊なんぞが現われてもびくともしない連中です」

と笑うと高島主従が雲仙丸から下ろされた縄梯子を上がっていった。

韮山丸が雲仙丸から離れ、

「高島先生、いずれどこかでお会いしましょうかな」

「皆さんで長崎に参られませ、歓待いたしますぞ」

と叫び合いながら、韮山丸は江尻湊へと移動した。

「なんとか大役を果たしましたかな」

喜十郎が言う。

「鳥居の手から高島秋帆先生を守り果せた点から申せば、役目を果たしたといえような。だが、相手は妖怪どの、この先も油断はならぬ」

影二郎の言葉は数か月後に現実のものとなる。

この年の十月二日、肥前長崎を震撼させる事件が起こる。

だが、影二郎らはすでに鳥居の反撃が始まっていることを知る由もない。命じられた役目を果たし、安堵の思いで江戸への帰路を考えていた。

「おこま、海路を行けば足を使わずに済む」

「影二郎様方はどうぞそうなさいまし。私は東海道を二本の足で歩いて江戸まで戻ります」

と府中の浜に舳先を乗り上げた韮山丸からさっさと下りた。

「おこまが陸路となればあか、われらもおこまに同道しようかな」

あかが吠えて、浜に飛んだ。

翌朝七つ(午前四時)、江尻湊の旅籠から影二郎ら四人にあかを加えた一行が江戸へと向かって出立した。

その夜、箱根の上り口三島の一つ手前の宿まで足を延ばして沼津に泊まった。

「明日は箱根八里に沼津から三島までの一里半が加わるが、おこま、足が疲れれば馬を雇え」

「影二郎様、陸路なればおこまは徹夜しても歩き通しますよ」

気兼ねのない四人の旅だ。

沼津の旅籠で早寝をして、翌日の箱根越えに備えた。

影二郎が最初に異変を感じたのは三島宿を出て、箱根の上り坂にかかった今井坂辺りだ。だれか、影二郎らを不気味に見張る、

「眼」

があった。

もし影二郎らに関心を持つとしたら、

「士学館の虎」

串木野虎之輔しか残っていなかった。

(なにを考えておいでか)

しばらくするとおこまが一文字笠を被った影二郎の顔を覗き込んだ。

「やはり感じたか」

「尾行がついておりますな」

「三島からじゃな」

「となりますと、影二郎様の兄弟子串木野虎之輔様しかおられませぬな」

「いかにも」

と答えた影二郎に、

「どうなさいますな」

「おこま、おれがどうこうしたところで尾行が消えるわけでもあるまい」

「こちらは四人、相手は一人にございます」

「どうやらおれに関心があってのことだと思うがな」

「串木野様は一対一の勝負を影二郎様に挑もうとしておられるのですか」

「さあてのう」

影二郎の返答は曖昧なまま、口が噤まれた。

初音ケ原、大時雨、小時雨、下長坂、上長坂、地蔵堂と黙々と石畳をたどって箱根峠を目指す。

西から箱根を越える旅人は三島に宿泊して箱根八里に備える。

影二郎らは沼津からの一里半が加わっている分、峠道を箱根峠に向かう旅人の姿は少なかった。だが、四人は旅に慣れた健脚だ。一里半の差をいつの間にか詰めて、女連れの旅人などを次々に、

「お先に参ります」

「ごめんなさいな」

と小才次とおこまが声を掛けながら追い抜いていく。

「おや、あのお方の気配が消えました」

と喜十郎が言うとおり、最前から監視の眼が消えていた。

「あのお方の行動をあれこれ斟酌してもわれらが疲れるばかりだ、うっちゃっておけ」

と答えた影二郎だが、どこかほっとした気持ちに見舞われていた。

先頭を歩く小才次が、

「夜中に馬で越えるのと昼間に街道を行くのではだいぶ様子が違いますな」

と鞍掛山を見上げた。

高野左中ら三人と種子島鉄砲を馬の背に積んで往来したのは二日前のことだった。

箱根峠は鞍掛山下にあって、

「境木、相模、伊豆境也。此辺風越台といふ」

と道中本『旅鏡』に書かれたように国境であり、風光明媚(ふうこうめいび)な峠であった。

影二郎らはしばし風が吹き抜ける峠で汗を引かせ、岩場から湧き出る岩清水で喉の渇きを潤した。だが、小田原までまだ半分以上の道のりが残っていた。

三島宿から箱根関所まで三里二十八丁、箱根から小田原まで四里八丁である。難所は箱根関所を越えてからだ。

「参ろうか」

影二郎らは箱根峠から両側に生い茂った隈笹(くまざさ)の道を下りにかかる。しばらく行くと眼下に芦ノ湖の湖面が木の間隠れにちらちらと見えてきた。

下り坂に合わせて影二郎らが足を格別に早めることもない。淡々と歩き続けることが長旅のこつだった。

箱根の関所が見えてきた。

おこまが背の道中嚢をもぞもぞと動かした。

「気になるか、おこま」

おこまの背には愛用の古留止社製の連発式短筒があった。

「あまり気持ちがよいものではございませんよ」

菱沼喜十郎ら三人は大目付常磐秀信の御用手形があった。確かに入り鉄砲に厳しい箱根関所だが、今まではかたちだけの挨拶で通り抜けることができた。

関所前にたどりついたとき、

「今日は格別お調べが厳しいというぞ、だいぶ時間がかかりそうじゃ」

「なんでも鉄砲を持参した浪士隊が関所抜けをしたとか、捕まったとか噂が流れておるでな」

と順番を待つ大勢の旅人たちが話していた。

「われら、自分の首を絞めたようだな」

「どういたしますな」

と喜十郎が影二郎に問うた。

「関所を抜ける方策も知らぬではないが面倒じゃな。御用旅で押し通ろうか」

「待っておられる方々にはちと気の毒ですな」

と言いながら影二郎と喜十郎が関所の出入り口の門番の前に出た。

「御用旅で江戸に急いでおる、お通し願おう」

門番が犬連れの四人組の風体をじっと見た。

「門番どの、われら大目付常磐秀信の配下である。そなたの迷惑になるようなことはいたさぬ」

影二郎が言い捨てると門内へと押し入った。

「われら御用旅、先を急ぐゆえ通らせて頂く」

影二郎が高床に座した関所役人に一礼して出口へ向かおうとした。

「お待ちあれ。御用旅なれば御用手形を提示なされよ。また女がおるが、髪改めを行う」

と手代が命じた。

喜十郎が大目付の御用手形を差し出した。

「手形は三人じゃな」

「いかにも」と影二郎が平然と答えた。

「そなたの名はなんと申されるな」

「夏目影二郎だが」

「お手前の手形がござらぬな」

「それがしも入用か」

影二郎は横柄に高床の手代に答えた。

「東海道の要衝、箱根の関所は大名家といえども駕籠の戸を開いてお顔改めをいたすところにござる」

影二郎は懐から手形を出すと高床に歩み寄り、

「お手前直々にご覧なされ」

と関所役人を差し招いた。思わず座を下りた役人が影二郎の差し出す手形ににじり寄り、見入った。そこには、

「老中水野忠邦」

と署名された道中手形に花押まで入っていた。

影二郎が忠邦の密命を受けて旧領唐津の御用旅をなしたときに頂戴していた本物の手形だ。関所役人もそれが本物か偽物か、たちどころに見抜いた。

「これは」

と絶句する役人に、

「とくと見られよ」

と突き出すと手形の下から、

すいっ

と役人の手に小判一枚を握らせ、

「得心されたな」と言うと道中手形を折り畳みながら手元に引いて、

「罷(まか)り通る」

と喜十郎らに目配せして出口に向かった。

その背に声はかからなかった。

「冷や汗を掻きました」

とおこまが芦ノ湖湖畔の杉並木で呟いた。

「おこまが冷や汗を掻いたところで昼餉を食して参ろうか」

賽(さい)の河原の一膳めし屋で蕎麦と茶めしを食し、一休みしたところで再び草鞋の紐を締め直した。

「影二郎様、小田原宿には陽が落ちての到着になりそうにございますな」

「急ぐ旅ではなし、難儀いたさば立場の畑宿で泊まってもよかろう」

賽の河原から六道地蔵の道標に向かって短い上り坂を上ると、長い下り坂が待っていた。

お玉ヶ池に差し掛かった刻限、二子山と箱根山の谷間から濃い靄がすうっと下りてきて、雨の気配が忍び寄ってきた。

前後にいた旅人たちは慌てて箱根に引き返したり、足を早めて強引に畑宿へと下りようとして影二郎らの前後から消えた。

影二郎らの歩みはいささかも変わりない。一歩一歩進むだけだ。

音もなく雨が降ってきたのは老ヶ平の甘酒茶屋を過ぎた辺りだ。一行の頭上の木の枝がざわざわと鳴って猿の群れが山へと急ぎ姿を消した。

おこまが道中嚢から油紙の合羽を出して着込んだ。

男三人も道中合羽や南蛮外衣を着た。あかは濡れるに任せるしかない。

「影二郎様、畑宿で泊まりますか」

喜十郎の言葉に影二郎がうなずき、心得た小才次が一人走って先行した。

影二郎らが畑宿に到着したのは間もなくのことだ。宿の入り口に小才次が立っていた。

「だれも考えることは一緒のようで、茗荷屋を始め数少ない旅籠はどこも廊下まで客で溢れかえっています」

「ならば先へ進もうか」

影二郎が決断して篠突く雨と変わった山道を下った。

もはや影二郎らの前後には旅人の姿はなかった。

あかが雨に濡れた背の毛を逆立て、ううっ、と唸った。

雨けぶる女ころばしの急坂に一つの人影があった。

あさり河岸桃井道場の兄弟子、士学館の虎と恐れられた串木野虎之輔だ。

「関所を抜けて先行しておられましたか」

とおこまが呟く。

歩を変えることなく串木野の立つ女ころばしの坂まで進み、三間の間を置いて足を止めた。

「をんなころばし—坂の名なり。むかし女のころばし来りしと云大石あり」

と『東海道巡覧記』は由来を記す。

女ころばしの坂は蛇行することなく真っ直ぐな坂だ。それだけに険しい。

そんな坂下の中央に串木野虎之輔が立ち塞がっていた。

「廻国修行するのも飽きた」

と串木野が言い、

「意に染まぬ稼ぎ仕事も面倒になった。とは申せ、一宿一飯の恩義は無下にはできぬ」

と言い足した。それでもなお鳥居の刺客の役を果たすと告げていた。

「死に場所を探しておいでですか」

影二郎の問いに薄く笑った。

「鬱々とした気持ちを晴らすには一つしか手立てはない。あさり河岸で修行した門弟の中でどうやら一番骨のある男はそなたらしい」

と言うと宣告した。

「斬る」

影二郎には予測されていたことだ。

「おれは士学館の虎と呼ばれ、そなたはあさり河岸の鬼と称されたそうな。鏡新明智流の看板を背負う者は二人はいらぬ」

「それが串木野様の相戦う理屈にございますか」

声もなく串木野虎之輔が笑い、剣を抜いて脇構えに置いた。

喜十郎、おこま、小才次が女ころばしの坂上に引いた。

あかも従った。

影二郎は未だ南蛮外衣を着込んでいた。そして、考えていた。

(なぜ串木野虎之輔は坂下に、戦いに不利な位置を選んだか)

まだ前髪立ちだった影二郎の目に浮かぶのは、士学館の虎の迅速玄妙な竹刀捌(さば)き、木刀遣いだ。

影二郎は古き記憶を消した。

無念無想で挑む。

そのことに専念し、集中することにした。

濡れそぼった南蛮外衣の下で影二郎の両手が動いた。

その気配を串木野も察していた。

暗く沈んだ女ころばしの坂に殺気が満ちた。

おこまらは兄弟弟子が相戦えばどちらかの命が失われることを承知していた。

それしか決着を付ける道はない、それが剣術家の宿命であることを知っていた。

(ただ、眺めるしかないのか)

とおこまが考えたとき、女ころばしの坂の空気が激しく動いた。

影二郎の首下まできっちりと着込んでいた南蛮外衣が、

ぱあっ

と篠突く雨に抗して舞い上がり、大きな花を咲かせて開いた。

その瞬間、影二郎が石畳を蹴って串木野虎之輔に迫った。

間合い三間は一瞬にして縮まった。

串木野の脇構えがゆるゆると回転を始め、詰め寄ってくる影二郎の胴を、迅速さを増した剣で薙ぎ斬った。

「はっ」

影二郎の体が雨の空に飛び上がり、串木野虎之輔の頭上を飛び越えて、その背に飛び降りた。

衝撃を減じるために膝を折り、体が沈んだ。

串木野が即座に反転し、刀を上段に構え直しながら間合いを詰めてきた。

影二郎が沈んだ体を起こしながら、法城寺佐常二尺五寸三分の豪剣を抜き撃つと後方へ引き回していた。

影二郎は後ろに体の向きを変える動作を省き、後ろ回し斬りに一命を賭けた。

先反佐常が串木野の胴を深々と薙いで、串木野の振り下ろしに勝った。

「うっ」

と串木野が影二郎の背で立ち竦み、影二郎が佐常を引き戻しながら坂下へ飛んだ。

どさり

と串木野が石畳に倒れ伏し、

ばさり

と南蛮外衣が路傍に落ちた。

影二郎は背後を見ることもなく湯元に向かって下っていった。

小才次が石畳に落ちた南蛮外衣を拾うと後を追った。その後をあかが追い、最後に菱沼父娘が続いた。

三

夏目影二郎の一行が江戸に戻りついたのは初秋の季節だった。品川大木戸を潜ると赤蜻蛉（あかとんぼ）が飛んでいた。江戸湊の沖合いに帆を休める千石船の光景も夏の盛りとは違った穏やかさを漂わしているように思えた。

夕暮れに差し掛かった芝札ノ辻には暑さが残るには残ったが、どことなくその中に秋の冷気さえ感じられた。

「豆州には数日しかおらなんだが、どうやら季節は進んだようですな」

「朝顔の季節は終わったかのう」

影二郎は喜十郎と話をしながら万代姉弟のことを脳裏に思い浮かべた。

浅草御門に向かう馬喰町の通りで、

「どうだ、旅の仕上げに〈あらし山〉に参らぬか」

と影二郎が同行の三人を誘ったが、

「お長屋とは申せ、留守にしております。気になりますのでこの足で御用屋敷に戻ります」

と喜十郎が浅草御門近くの住まいに直接戻ると言った。

「西仲町からまたこちらに引き返すのも面倒だな」

「はい。まずは殿様へ復命もいたさねばなりませぬ」

とおこまも口を揃えた。

御用旅の報告を三人の直属の上役、大目付常磐秀信に報告すると言った。

「ならば好きにせよ」

菱沼喜十郎、おこま、小才次の三人と浅草御門で別れた影二郎とあかは、神田川に架かる浅草橋を渡り、御蔵前通りに足を踏み入れた。

大川の方角から神田川の流れに乗って風が吹き寄せ、火照った主従の体に秋の気配を改めて感じさせた。

その風に三味線の調べが乗って流れてきた。

大方、柳橋で茶屋遊びをなすお大尽の座敷からだろうか。

天保の改革の最中だ。

贅沢を禁じよ、豪奢を慎めと老中の水野忠邦が声高に叫ぼうと、それを取り締まる側の幕府高官、大名家の外交官たる留守居役らは大商人、お大尽らに接待されて隠れ遊びを続けていた。

そのことを庶民はとくと承知していた。

取り締まりの最前線に立つ南町奉行鳥居甲斐守耀蔵からして柳橋の茶屋〈満月〉で女と密会しているとか。なにをかいわんやだった。

大通りの両側に札差の大店が軒を並べていたが、陽が落ちようというのに店の前に乗り物があった。ということは大身旗本の御用人が新たな借金を札差の番頭に申し入れるために訪れている姿か、饗応を受けようと立ち寄ったか、そんなと

ころだろう。いよいよ武家は商人に首根っこを捉まえられ、締め上げられること
になる。

御米蔵の路地から着流しの男が夕風と一緒に姿を見せたが、犬連れの影二郎を
見て、

「おや、ちょうどよいところでお会いしましたぜ」

と近寄ってきた。

遊び人風のなりをしていたが、北町奉行遠山左衛門尉景元だ。

「これは金四郎様」

と影二郎も遠山の幼名を呼んだ。

「江戸は煮えたぎる釜の蓋を開けたような騒ぎですぜ」

にやり、と不敵な笑みを頰に浮かべた金四郎が影二郎と肩を並べかけ、二人は
通りを北へ向かう。

「またどうしてです」

「どなたかが箱根の関所の柵にさ、南町の鳥居どのの内与力と年代ものの種子島
鉄砲を一緒にして括りつけたとか」

「ほうっ」

無表情に影二郎が応じ、金四郎がさらに語を継いだ。

「そいつの首にさ、その昔　南蛮渡来の種子島　今は南の玩具なりけり、とか狂歌を書いた短冊が掛けられていたというんでさ。そいつを読売が書きたててひそかに売り捌いたからさ、江戸中がだれかさんに拍手喝采だ。それを聞かれた鳥居どのは真っ青になり、がたがたと震え上がったそうな」

「それはまた可愛げのあることよ」

「ところがこの妖怪どのは只者じゃない、すぐに悪知恵を働かされる。まず水野様の屋敷に駆け込んで、なにを訴えられたか知らないが、老中の信頼を勝ち取られたようでね、すべては内与力一人が仕組んだことで鳥居の本意ではなかったという話がさ、城中に流れておりますのさ。妖怪どのの自作自演の一人芝居に城中では茶坊主までが失笑しておりますよ」

「内与力が一人詰め腹を切らされますか。南も青くなったり赤くなったり大忙しだ」

「影二郎さん、父上の常磐秀信様に鳥居の手が伸びないともかぎりませんや、十分に気をつけられることだ」

「最近は父上も甲羅（こうら）を経られてなかなか一筋縄ではいかぬ様子。そう簡単に鳥居の姦計には墜ちますまい」

「いかにもいかにも」

と笑った金四郎が、

「秋帆どのは長崎に無事戻られましたかな」

と本題に戻した。

「駿府江尻湊から昵懇の千石船に乗り込まれたで、今頃は紀州灘を走っておられましょう」

「ということは大砲演習が無事に済んだということだ」

「江川太郎左衛門どの、下曾根金三郎どの二人に高島流南蛮砲術を無事に伝授されましたゆえ、向後江戸ではこれからこのお二人が中心になり、砲術伝授が行われましょう」

「南がどのような手に出るか」

と呟く金四郎に影二郎が訊いた。

「遠山様、鳥居のためにわずか数か月で南町奉行の要職を追われた矢部駿河どのはどうしておられますな」

「ちと気は弱いが清廉潔白な幕臣ですがな、妖怪にかかれば手もない。失意の身で酒に溺れる日々と聞いております」

と答えた金四郎は、

「屋敷は昌平坂上にございますよ」

とけしかけるように言った。

「影二郎どの、才子策に溺れるのは昔から道理だ。南はそのうち、自滅しますって」

「だが、それを待てない人もいる」

「ならば柳橋の茶屋〈満月〉辺りを探ることだ」

「鳥居が目をかけた芸者がいるとか、遠山様、女は使いたくないのだがな」

「影二郎さんらしいね。だが、この直参旗本の娘、なかなかの玉でしてね、鳥居奉行と気が合うはずだ。それにお軽には双子の兄がおりましてな、二人してなかなかの遣い手ですよ」

と苦笑いした。

双子兄弟のことは蝮の幸助が影二郎に伝えたことがあった。

「ともあれ、御用ご苦労にございました」

と言うとお忍びの北町奉行は夕闇に紛れるように姿を消した。

あかが店の暖簾を仕舞いかけた〈あらし山〉の門前で、

わんわん

と吠え、若菜が姿を見せて、

「あか、影二郎様、お帰りなさい」

と笑みを浮かべた顔で迎え、影二郎の肩から南蛮外衣を下ろして持った。

「ただ今戻った」

影二郎は一文字笠の紐を解き、それも若菜に渡した。

「湯屋に参られますか」

「いや、うちの風呂場で水を浴びればそれでよい」

「仕舞い湯の汚れた湯よりどれほど気持ちよいかしれませんね」

若菜がいそいそと影二郎を店の広土間に案内すると、

「お帰りなさいまし」

「ご苦労様でした」

と〈あらし山〉の奉公人たちが影二郎を迎えた。

添太郎が奥から出てきて、

「おおっ、無事に戻ったか」

と破顔し、

「常磐の殿様がこのところ立て続けに顔を見せられたぞ。そなたの御用旅と関わりのあることかな」

「父上のご機嫌如何にございますか」

「最初の日はえらく上機嫌に見えたが、昨日はなにか憂いを隠しておいでのように思えたぞ。新たに心配ごとでも生じたかかな。影二郎、そなたの力が借りたいのではないか」

「大目付には大勢の配下もおられましょう。それがしは父上の家来ではございません。ちとご自分でお働きになるとよい」

「影二郎、そのような冷たいことを申さずお手伝いなされ、そなたの父上ではないか」

と普段は耳が遠いいくが、広土間の会話を聞きつけて口を挟んできた。

「ばば様、こたびのことも父上の御用のようなものですぞ」

ほうほう、と答えたいくが、

「あかまで伴い、どちらまで参られましたな」

「豆州の韮山から箱根路を駆け回らされ、駿府江尻湊まで足を延ばしました」

「本日はどこから参られましたな」

「程ヶ谷宿から暑さの中を歩いてきましたぞ」

広土間でいつまでも話が続きそうな様子に、

「おじじ様、おばば様、影二郎様は御用の旅から戻られたばかり、まず水風呂を使ってさっぱりなさるまでお待ち下され」

と若菜が止めた。

影二郎は腰から法城寺佐常を抜いた。するといくが、

「若菜はいろいろと持たされておるでな、その物騒なものは、ばばが預かりましょう」

と両手で受け取り、

「じじ様、あかも炎天の下、程ヶ谷というところから歩いてきたそうな。井戸端で体の火照りを冷ますように濡れ手拭いで拭いて下されよ」

いくに命じられた添太郎が、

「あか、そなたも一汗流すか」

と声をかけるとあかも素直に井戸端に連れていかれた。

影二郎は脱衣場で下帯まで脱ぎ捨て、素っ裸で湯船に張られた水を何杯も肩から首からかけた。頃合を見計らい、裾をたくしあげ若菜が洗い場に入ってきて糠袋で影二郎の背を洗い流してくれた。

「極楽とはこのようなことであろうかな。秋が到来したとはいえ、やはり街道の残暑は厳しいな」

と若菜に身を委ねた影二郎に、

「おじじ様とおばば様はご存じではございませぬが、鳥居様が〈あらし山〉に姿を見せられ、私に影二郎様は戻られたかと険しい顔で問い質されたことがございました」

「いつのことだ」

「二日も前のことにございました」

影二郎と串木野虎之輔との対決の結果を知りたくて、〈あらし山〉を鳥居が訪ねたのであろうかと影二郎は推測した。

頼みの刺客が影二郎に斃されたと知った鳥居はどのような手に出るか。内与力高野左中の一件もあった。

影二郎に手酷くやられ窮地に立たされたのだ、妖怪が黙っている筈はなかった。

「鳥居奉行は連れを伴っていたか」

「それが物静かな、お若い二人を連れてのお忍びにございました」

「奉行所の者か」

「いえ、羽織袴を召された方ですが、ご奉公のお方とも思えませぬ、なかなかの腕前と拝見しました」

　鳥居の馴染みの芸者三矢のお軽の双子の兄たちであろうと影二郎は推測した。そして、用心棒を連れて微行をしているようならば、鳥居奉行の周辺も安泰とはいえまいと影二郎は考えた。

　追い詰められた妖怪がなにを考えているのか、これ以上、〈あらし山〉に出入りさせてはならぬと影二郎は胸の中で決めた。

「若菜、出るか出ないか推量も付かぬお化けに怯えてもいたし方あるまい。それより朝顔売りの姉弟は顔を見せるか」

「そろそろ朝顔も季節が終わります。おかよ様は、秋から冬の仕事を迷っておられる様子にございましたよ」

　と答えた若菜が、

「おじじ様とおばば様には相談いたしましたが、おかよ様の母上のお許しを得られるならば、〈あらし山〉で働いて貰おうかと考えております」

「おかよは承知か」

「一度話を申し上げました。すると是非にということでした。お長屋のある御徒町から西仲町は少し離れておりますゆえ、お長屋の方と顔を合わせることもございますまい。また通えなくもございません。慣れるまで四つ（午前十時）から七つ（午後四時）か七つ半（午後五時）までなら、お長屋まで明るい内に戻れます」

「〈あらし山〉はどうだ」

「お客様が増えまして応対の小女を一人ふたり雇おうかと思っていたところです」

「母親次第じゃな」

「はい」

旅塵をすっかりと落とした影二郎は再び水を被り、古着ながら洗ったばかりの浴衣を若菜に着せ掛けられ水気を拭いとった。その上で真新しい下帯をつけ、浴衣を着た影二郎は添太郎の待つ居間に行った。

「影二郎、あかの毛は酷く汚れてごわごわであったぞ。どこを引き回したのだ」

「最前も申しましたが潮風には当たる、乾ききった街道を何日も旅するのです。毛が汚れるのは当然です」

「水をたっぷりと掛けて櫛で梳いたでな、さっぱりしたぞ。満足げにえさを貰って食べておるわ」

「あかにも御用旅でございました、労ってやりませぬとな」

いくが燗徳利と盃を運んできて、

「熱燗の酒が美味かろうと燗をつけましたぞ」

と男二人の前に置いた。

「じじ様、まずは一杯」

影二郎が添太郎の盃を満たし、添太郎が影二郎の酒器に酒を注いだ。

「仕事を終えて呑む酒がなにより美味いな」

添太郎が満面に笑みを浮かべて一杯目を呑み干した。

「甘露甘露」

〈あらし山〉の居間は家族四人が水入らずの夕餉を囲んだ。少しばかりの酒に酔った添太郎が、

「これでな、おみつがいればなんの不満もないに」

と亡くなった娘のみつのことを口にした。

「じじ様、馬鹿を申されるでない。愚痴を申したところでみつが戻ってくるわけではなし、みつの代わりに若菜がこうしてうちの家族になってくれたんですよ、これ以上の贅沢がありましょうや」

「それはそうだがな」

いつものように〈あらし山〉の夜が更けていこうとしていた。

翌朝、影二郎は若菜に起こされた。

簾(すだれ)の向こうの庭に散る光の具合から五つ（午前八時）か五つ半（午前九時）と思えた。

「よう寝た」

「大きな鼾にございましたよ」

と笑った若菜が、

「万代様の母上がお見えにございます」

と告げた。

影二郎は早々に身嗜(みだしな)みを整えると居間に行った。すると添太郎と一人の女性(にょしょう)

が話し、そのかたわらにおかよと修理之助がいつもより緊張した面持ちで控えていた。

影二郎の姿を見た姉弟の母親が姿勢を正して、

「夏目影二郎様にございますな。私はかよと修理之助の母、万代五月にございます。夏目様を始め、〈あらし山〉の皆様にお世話になりまして、一度お礼にと考えておりました。突然ではございますが、お店に暖簾が掛かってはお忙しかろうと朝の刻限に参りました。かよと修理之助が多大なるご親切を頂きまして真に感謝の言葉もございませぬ」

「あいや、五月様、見てのとおり、わが家族は一品十文の甘味処でな、気兼ねないらぬ。われらもそなたが丹精に育てられた朝顔を楽しんだで相子だぞ」

「いえ、夏目様のお父上は大目付常磐秀信様と組頭が仰っておりました。ご身分のあるお方に数々のご親切痛み入ります」

「それくらいで挨拶はよかろう。父が大目付と申せ、おれは妾腹だ。気にいたすな」

ようようにして万代五月も〈あらし山〉の雰囲気に慣れたか、茶と名物の蕎麦餅を食して落ち着いた。

「母上、若菜様のご親切、お受けしてもようございますか」

とおかよが言い出し、五月が、

「ほんとうにかよがこちらでお雇い頂けるものでございましょうか」

と不安げな顔をした。

「かよ様さえ差し支えないならばどうかお通い下さい。ただし、〈あらし山〉は町人がお客の大半でございますれば、お長屋とは少々雰囲気が違うやもしれませんよ」

「御徒衆は士分ともいえず、かと言って町人にもなりきれない中途半端な奉公人にございます。いっそ町人なればさばさばと生きられようと何度考えたかしれません。夏目様、お武家の出の若菜様が切り盛りなされる〈あらし山〉ならば、行儀見習いにもなりましょう、お願いいたします」

と五月が頭を下げて、おかよの〈あらし山〉奉公が決まった。

四

夕暮れ前、影二郎は黒絽の小袖の着流しに法城寺佐常を落とし差しにして、〈あらし山〉を出た。

風雨に打たれた南蛮外衣は若菜が暇を見て手入れをしてくれるというので、若菜に預けてきた。

一文字笠を被り、西仲町から浅草御蔵前通りに出た。

一日、残暑の陽射しの元で働いた職人衆や商人の手代たちが長屋や店に戻る刻限で、往来は賑わっていた。

「南の首はなんとか水野様の一言でつながったそうじゃねえか」

「老中と南町は心中でもする気か。無理する奴の先は知れているがねえ」

「窮鼠(きゅうそ)猫を嚙むというぜ、妖怪の反撃が怖いぜ」

「南町は鼠なんかじゃねえや、妖怪だぜ、化け物だ。こいつが一旦は雪隠(せっちん)詰めに追い詰められたんだ。追い込んだお方へ絶対仕返しをしやがるぜ」

「それも何倍もひでえ仕返しだ」

影二郎とあかを追い越していこうとする職人衆の、ひそやかにも頓珍漢(とんちんかん)な会話の声が耳に届いた。話し声の合間に肩に担いだ道具箱がかたかたと鳴った。

(窮鼠猫を嚙むか)

確かに妖怪は鼠なんて愛らしい存在ではない、危険な人物だ。

当面の鳥居の狙いは高島秋帆だった。が、秋帆が江戸から遠く長崎に戻った今、矛先がだれぞに変えられる恐れがあった。

となれば方策は一つか。

「あか、ちと夕暮れの風に誘われてみぬか」

と飼犬に話しかけ、三好町の市兵衛長屋の曲がり口に来ても影二郎とあかの足は南に向いたままだ。

浅草橋の手前で左に折れた。主従は一つ下の橋を目指していた。

神田川河口近く、下柳原同朋町と浅草下平右衛門町の間に柳橋が架けられたのは元禄六年（一六九三）とも十一年（一六九八）師走のことだともいわれる。

由来は柳原の末端にあったから柳橋と名付けられたそうな。

花街、色街として柳橋が江都に喧伝されるようになるのは安永年間（一七七二～八一）のことだ。ゆえに花街としての歴史は浅く、新興の地だ。

顔を知られた妖怪奉行が隠れ遊びする理由だろう。

この柳橋、深川の色里と違い、女郎目当てではなかった。

吉原に通う遊客の便となった船宿の信濃、相模、新若竹などがあって、その船宿と河内屋、万屋、梅川などの茶屋とが一緒になって独特の華やいだ柳橋の雰囲気を醸し出す花街になった。

そんな茶屋や船宿が神田川の両岸に何十軒も軒を連ね、数百人の芸妓がいた。影二郎とあかは柳橋を渡り、下柳原同朋町の右岸の河岸道に出た。すると流れを伝い、三味線や太鼓の音が響いてきた。

南町奉行鳥居耀蔵の通う茶屋〈満月〉はそんな中でもひっそりとした佇(たたず)まいをしていた。だが、二階屋の堂々とした構えといい、船着場の様子といい、とびっきりの上客だけを相手に商いを続けている貫禄があった。

影二郎は門前に佇み、門内を見た。風に戦(そよ)ぐ暖簾には単純にも満月が描かれてあるだけで、小粋(こいき)な意匠(いしょう)だった。

玄関に曲がりくねって延びる飛び石にも左右の植え込みの苔にもしっとりと水が打たれて、明かりが点されていた。

足音が響き、女将が暖簾を潜って姿を見せた。だれかを迎えに出た風情だ。そこに立つ犬連れの影二郎に好奇の視線を向け、腰を沈めて会釈した。だが、すぐに客ではないと見たか、

「散策にございますか」

と問うた。

「いや、妖怪どのがしばしばお忍びで参られると申すでな、見物にきた。許せ、

商いの邪魔をする気はない」

「そなたさまは」

三十半ばの楚々とした風情の女将が影二郎を改めて見た。面長のおっとりとした顔立ちだ。

「夏目影二郎と申す風来者だ」

「夏目様、と申されますと大目付常磐秀信様のご子息であらせられますか」

「妾腹だ」

「ご実家は浅草寺門前の料理茶屋〈嵐山〉でございましたな」

「天保の改革に触れ、ただ今は一品十文の甘味処として細々と一家が露命を繋いでおる」

「やり方がご正直過ぎましたか」

「じじ様はおれの親父どのの体面を考えられ、料理茶屋を廃業なされたのよ。その前に女将に裏道があることを聞きにくればよかったか」

ほっほっほ
と女将が笑った。

「あさり河岸の鬼と評判のお方ゆえ、どのような恐ろしいお顔かと思うておりましたが、女を泣かすお顔立ちにございますな」

「女将、誉めてもろうたところでなにも出ぬ」

と影二郎が答えたところに、

「えいほえいほ」

の掛け声がして駕籠が〈満月〉の門前に到着した。

「女将さん、お軽様のご入来ですぜ」

駕籠屋の先棒が門前で待つ女将に告げた。

「お軽様、ようこそいらっしゃいました」

芸妓が駕籠で門前に乗り付ける、お軽はなかなかの待遇らしい。

後棒(あとぼう)が草履を揃えて、簾を上げた。

かたちのよい素足がちらりと覗いて、慣れた様子で駕籠から姿を見せた三矢のお軽が立ち上がった。

その途端、影二郎と目が合った。

お軽の目が訝しくも変わり、〈満月〉の女将を見た。

「お軽様、私もただ今初めてお知り合いになりました。夏目影二郎様にございますよ」

女将はどこかお軽の反応を窺う表情で言った。

「夏目影二郎様」

と呟いたお軽の細面の筋肉がぴくりと動いて、一瞬尖った表情を見せた。だが、それも束の間ですぐに作り笑いに変わり、

「これはこれは〈あらし山〉の倅どのでしたか」

と嫣然として妍を競う表情を作った。

「三矢のお軽どの、よしなにな」

「夏目影二郎どのと申せば、二世を誓った吉原女郎の仇を討つために十手持ちを殺め、小伝馬町に繋がれた御仁と聞いております。女将さん、これでなかなか恐ろしいお方ですよ」

「初めて聞きました。惚れた女の仇を討ってくれる殿方など江戸じゅうを金の草鞋を履いて探してもいませんよ。女衆が黙っちゃいますまい」

「女将、近頃では女より城中にうろちょろする鼠に好かれてな、困っておる」

と答えた影二郎が、

「女将、会えて喜ばしいことであったわ」

と言い残すと〈満月〉の前から大川へと足を向けた。

その後をあかが従う。

影二郎の背にいつまでも尖った視線が突き刺さったままだ。

（確かにあの女狐め、只者ではないわ）

「妖怪どのには似合いの女かもしれんな」

神田川を大川の合流点に向かうと神田川右岸河口には、将軍家が大川に出る際に乗船される、

「上之御召場」

があった。

柳橋の花街は今や将軍家の乗船場にも迫る勢いを見せていた。

だが、柵が閉じられた上之御召場前と花街の間には明地があって、赤い提灯をぶら下げた屋台の田楽売りがひっそりと出ていた。

仕事帰りの職人が二人、田楽を肴に酒を呑んでいた。

「おれにも冷酒をくれぬか。ついでに田楽を貰おうか」

「へえっ」

と親父が屋台の向こうから返事をして、まず味噌を塗った田楽が差し出された。

豆腐を煮込んだ田楽の竹串をつかむと、

「あか、ちと熱いかも知れぬが火傷せぬように喰え」

とあかに差し出した。

あかは用心深い犬だ。竹串から田楽だけを咥えて抜き取ると足元に落として冷ます様子を見せた。

「おい、お侍の犬だねえ、おまえと違ってがっついてねえぜ」

と職人の一人がいい、

「ちぇっ、犬と一緒にするねえ」

と仲間が答えて、残った茶碗酒を呑み干し、

「越州、いくぜ」

と酒代を払うと屋台を出ていった。

「へえっ、お待ち」

酒が出てきた。

「花街近くで屋台に入る客もおるか」

「旦那、皆が皆、茶屋に上がれる客じゃねえや。駕籠に乗る人担ぐ人、そのまた草鞋を作る人ってな、人は様々だ。この柳橋だって、船頭もいれば奉公人もいらあ」

と破れた菅笠を被った親父が答え、訊いた。

「旦那はなにか目当てがあって柳橋のどん詰まりなんぞに紛れ込んでこられたか」

「この先の〈満月〉に南町奉行が面出しするというでな、見物にきた」

「なにっ、妖怪と知り合いか」

「知り合いといえば知り合いだが、気は合わぬ。会えば虫唾が走るというやつだ」

「だれが弱い者いじめと気が合うものか。最前、お軽さんを乗せた駕籠が橋を渡ったからよ、そろそろお出ましだぜ」

「船か駕籠か」

「船だねえ」

と答えた親父が神田川の流れを覗き込み、

「ほれ、お忍び船がいくよ」

頭巾を被った鳥居耀蔵を乗せた船がゆっくりと〈満月〉の船着場へと上がっていった。船は大川に漂う、薄い靄を纏いつかせていた。

「天保の改革の先陣に立つお方が茶屋通いか」

「南はこのところ尻に火がついてよ、この数日、〈満月〉に姿を見せられなかったよ。なんとか急場を凌いだのかねえ」

と親父が南町奉行の窮地を案じた。

影二郎は一杯目を呑み干し、あかも田楽を食し終えた。

二杯目を頼んだものかどうかと迷う影二郎の視界に二つの影が見えた。

靄が河岸道にも這い上がってきた。

二人は影二郎とあかを認めると足を早めて近付いてきた。

「親父、酒を注いでくれ」

大徳利を持ち上げた親父が影二郎の茶碗に酒を入れた。その動きが途中で止まった。

「客とも思えねえ」

と親父が呟き、

「旦那の知り合いか」

と訊いた。

「南町奉行の用心棒だ」

「旦那に用事か」

「おれはないがな」

あかが低い唸り声を上げた。

親父が怯えたように徳利を引いた。

双子の剣客は影二郎の十間手前で足を止めた。

「夏目影二郎だな」

「お軽の兄か」

「いかにもそれがし三矢春太郎、兄は秋太郎じゃあ」

弟がもっぱら喋り、兄の秋太郎は口を噤んだままだ。

年の頃は二十六、七か。身丈は五尺八寸余か、腰の据わった体付きをしていた。長い剣の修行を思わせた。剣の腕で出世をしたくて頑張ったという顔をしていた。

「串木野虎之輔と雌雄を決したか」

「その方らに話す謂れはない」

「夏目影二郎、斬る」

「その方ら、おれの出を承知か」

「鏡新明智流の桃井の門弟と聞いた。あさり河岸の鬼と呼ばれて有頂天になった大馬鹿者であろう」

「そなたら、流儀は」

「円明流」

と春太郎が名乗り、刀の鯉口を切った。

「ひえっ」

と親父が悲鳴を漏らし、両腕に大徳利を抱えた。

「親父、怖ければ目を瞑っておれ」

円明流は宮本武蔵玄信が祖という以外、影二郎に知識はない。

「妹のお軽は鳥居と肌身を許した仲というではないか。そなたらも背伸びはせずそこそこに振る舞っておれば食うには困るまい」

「吐かせ」

無口の兄がまず剣を抜いて、正眼に置いた。弟の春太郎が続き、右肩前に立てる八双の構えをとった。

影二郎は手にしていた茶碗の酒を呑み干し、空になった茶碗を屋台の端に置いた。

間合い十間は変わらない。

先反佐常の柄頭に左手をかけたまま、屋台から離れた。それでもまだ八、九間残っていた。

影二郎は双子の剣客を等分に見た。

兄の構えが正眼から左肩へと引かれ、逆八双へと変わった。

正逆八双の構えがぴたりと決まった。

影二郎は法城寺佐常を抜くと上段に上げた。

刃渡り二尺五寸三分が虚空に高々と掲げられた。

三者はその構えで動かなくなった。

靄（もや）が上之御召場に雲海のように広がった。

三矢秋太郎・春太郎兄弟の膝から下が靄の下に沈んでいた。

影二郎の虚空を突く佐常が大きな円を描いて、左前に反りの強い切っ先を流す地擦りと変わった。

構えが終結したとき、風が吹いて靄が流れた。

その瞬間、

「兄者（あにじゃ）！」

「弟！」

と声を掛け合った二人が影二郎に怒濤（どとう）のように突進してきた。

腰が安定した迅速な攻撃だった。

そのことを確かめた影二郎も、

するする

と滑るように前進し、三者は屋台寄りで激突した。

動きを一瞬早く止めたのは影二郎だ。それに対して三矢兄弟は突進するに任せて正逆八双の剣を影二郎の額で交差させるように振り下ろした。

「えいっ！」

「うん！」

二つの剣は左右から逆の、

「八」

の字を描くように斬り込まれた。

それに対して影二郎の先反佐常は、大きな弧を描いて春太郎の腰に伸びた。

ぱあっ

と斬り下ろされる上段からの剣二つを搔い潜って佐常が寸毫先に届き、春太郎の腰から胸を斬り割った。

「げえっ」

と横手に飛ばされるのを必死に留まった弟に兄の剣が乱れた。

その一瞬の迷いを突いた先反佐常が秋太郎の刃を弾くと同時に首筋を横一文字に斬り裂いていた。

「うっ」

という声を残して兄の秋太郎も斃れた。

必死で姿勢を保とうとする春太郎も力尽きたように転がった。二人の兄弟が倒れた河岸道を中心に、

ふあっ

と靄の渦が広がった。

「愚か者めが」

影二郎はその言葉を吐き捨てると、

「親父、巻き添いを食ってもつまらぬ、今宵は早仕舞いせえ」

と酒代に一両を投げると親父が器用に片手で受け取り、

「あか、参ろうか」

と影二郎がその場を離れた。

この年の十月二日、長崎会所調役頭取高島四郎大夫秋帆と手代の城戸治八、杉森嘉平ら三人が長崎奉行伊沢政義に捕縛されて、江戸に新たな激震が走った。高島秋帆を危険人物として南町奉行鳥居耀蔵が老中水野忠邦に讒訴（ざんそ）し、伊沢と結託した結果だった。

表向きの嫌疑は幕府への謀反（むほん）と密貿易だった。

鳥居の反撃は始まっていたが、市兵衛長屋へと歩く影二郎はそのことを知る由もない。

佐伯の著書『アルハンブラ　光の迷宮　風の回廊』（集英社刊）より、
水に映えるコマレスの中庭と塔

写真／佐伯泰英事務所提供

佐伯泰英外伝【十二】
政治というものへの苦い思い

重里徹也（しげさとてつや）
（毎日新聞論説委員）

今回は、佐伯の現代小説について書くことにする。佐伯はスペインから帰ってきた後、まず、スペイン事情や闘牛に詳しい写真家、ライターとして活動、まとまったノンフィクションも七冊、出した。

小説に転じたのは一九八七年のことだ。最初の作品は『殺戮の夏　コンドルは翔ぶ』（現在は『テロリストの夏』と改題されて祥伝社文庫に収められている）。以後、冒険小説、国際謀略小説、ミステリーなど現代小説を書き進めた。一九九九年から時代小説を書き始めるまで、約十二年間、冒険小説作家として活動することになる。八〇年代当時の小説シーンの一端を眺めたうえで、佐伯の冒険小説について考えてみよう。

佐伯との関連でいえば、まず、船戸与一と逢坂剛の二人の作家の名前が思い浮かぶが、どんなものだろう。彼らの初期の仕事を眺めることは、当時の佐伯を取り巻く環境を考えるうえでも、参考になるかもしれない。

船戸与一は一九四四年、山口県下関市生まれ。早稲田大学在学中は探検部に所属した。私が船戸の名前を知ったのは一九八四年に刊行された長篇小説『山猫の夏』を読んだ時だった。一九七九年に『非合法員』で小説家デビューした船戸がブレークした作品で、この小説でその存在に注目した読者は少なくなかったのではないだろうか。

私の記憶では八〇年代前半、「冒険小説」という言葉が盛んに使われ始め、私なども耳にすることが多かった。スパイ小説、国際政治を扱った小説、ハードボイルド小説などを総称したもの、つまり、広義のミステリーの一ジャンルと私は理解していた。主人公が見知らぬ世界を冒険するわけで、豊かな物語性や社会性を盛り込むこともでき、エンターテインメント小説界で存在感を感じさせるようになった。日本冒険小説協会が内藤陳（コメディアンにして書評家といえばいいか）によって設立されたのは一九八一年のことだった。

この協会は会員の投票によって毎年、日本冒険小説協会大賞を選んでいた。その受賞作を見れば、どういうものがその頃に冒険小説と呼ばれていたか、わかるだろう。

一九八二年の第一回（国内部門）は北方謙三の『眠りなき夜』。同僚が失踪し、死体で発見される。事件の裏を探る弁護士が主人公のハードボイルド小説だ。一九八三年の第二回も北方の『檻』。かつて裏社会に生きていて、今は平穏にスーパーマーケットの経営者として生活している男が再び、自分の野性の血を解き放つという物語だった。

そして、第三回には前述した船戸与一の『山猫の夏』が選ばれた。ブラジル東北部の街が舞台。この地を支配する二つの名家が争う中で、「山猫」と呼ばれる日本人の無頼漢が活躍する。

実は一九八四年に、私は船戸にインタビューをしたことがある。当時、私は新聞社の下関支局に勤務していた。地元出身の作家が話題になっているというので、上京して話を聴き、記事にまとめたのだ。「海峡の街が生んだ国際派作家」というような狙いだったと思う。快く若い記者に会って下さった船戸は、丁寧に素朴な質問に答えてくれた。中でも、忘れられない言葉がある。

小説で書きたいことは結局どういうものなのか、といった、思い返すと赤面するしかない愚問を私が投げかけたのに対し、船戸は「政治状況を書きたい」と真正面から思いを語ってくれたのだ。政治状況。三十年経った今も、この言葉を発した時の船戸の口調をよく覚えている。当時の冒険小説というものに対して、光を当てる言葉の一つではないだろうか。

逢坂剛は一九四三年、東京都生まれ。「暗殺者グラナダに死す」でデビューしたのは、博報堂に勤務しながら執筆を続けていた一九八〇年のことだ。代表作の一つは一九八六年の『カディスの赤い星』で、この作品で第九十六回直木賞と第五回日本冒険小説協会大賞、第四十回日本推理作家協会賞を受賞した。

タイトルの通り（カディスはスペイン西部の港湾都市）、スペインという土地が物語に重い意味を持っている。主人公のPRマンが日本人ギタリストを捜すのが縦軸だが、いやおうなくスペイン現代史の闇とかかわってしまうというストーリーだ。

こんなふうに見てきても、この時代の冒険小説が国際情勢や歴史の暗部、権力のあり様をしきりに題材にしていたことがわかるように思う。

さらに、佐々木譲や志水辰夫といった書き手の作品を思い浮かべてもいいだろう。

佐伯泰英が現代小説を書き始めたのはこういう状況でのことだった。十年余で二十五冊以上を出している。佐伯自身が一番愛着があるのは『ユダの季節』（現在は双葉文庫）だという。一九八九年にカドカワノベルズで刊行されたのが初出だ。一読すれば、佐伯が愛着する理由がわかるような気がする。

主人公は闘牛を追いかける日本人写真家で、アンダルシアの村に自宅を構えながら、スペイン各地を撮影のために旅していた。そして、四年余にわたってイベリア半島を駆け巡った日々を終え、帰国を目前にしている。佐伯自身と重なる設定になっているのだ。

詳しく読んでみよう。

舞台はフランコ政権末期の一九七三年。強大な権力が終焉を迎えつつあり、権力構造が揺らぎ始めてきたころだ。主人公の妻子が何者かに卑劣な手段で殺される。一方、サラゴサ（スペイン北東部の都市）郊外の米軍基地から、大量の化学兵器が強奪される。二つの事件の背後には、ETA（バスク祖国と自由）という、バスク地方の分離独立をめざす非合法のテロ組織と、日本の過激派組織が提携する動きがあるらしい。それはスペイン国家の中枢を揺るがすことになりかねない。

妻子を殺されたのも過激派とかかわりがあるらしいとわかり、事件に巻き込まれた主人公は、帰国を延期して、スペインの警察官たちや日本大使館のメンバーとともに、スペインのテロ組織や日本の過激派組織と対峙することになる。

全編にわたって、佐伯のスペインに対する蓄積が遺憾なく発揮されている。フランコ後を見通した、さまざま勢力の争い。個性豊かな政治家や警察官や市井の人々。独特な地方主義。食べ物や酒のあれこれ。特筆すべきは闘牛をめぐる描写だろう。克明で深く、わかりやすい記述には、スペインをよく知らない人も思わず、引き込まれるのではないか。

登場人物の中で最も魅力的なスペイン人はサラゴサ県治安本部公安三課の警部だ。何と、闘牛嫌いときている。父親は地中海に面した村の教会のオルガン弾きで、自身もバッハのパルティータを演奏する。義理と人情を解する人間通で、首都に対する反発心も隠さない。複雑で奥行きのある人物だ。

読者はいつのまにか、主人公と共にこの人物に好意を持ってしまう。そして、逆に観念的で視野が狭窄した犯罪者たちの醜悪さを実感する。

後者の代表は元・過激派の日本人留学生だ。彼には確固たる思想も、自分自身を相対化する視点も、露ほどの倫理観もない。薄っぺらな考えと罪深い自意識、中途半端な冒険心しか持たずに「革命」にかかわり、次から次に仲間を裏切っていく。タイトルの「ユダ」とは彼のことだろう。主人公の妻子を冷酷なやり方で殺したのも彼で、そのマザコンぶりや変態的な行為は戯画化されて示されている。大人になりきれない、小児病的な人物像だ。

それでは、「ユダの季節」とはどういうことなのか。裏切りの季節、自分がやったことに口をぬぐう季節、自分の汚れた手を省みないで、いけしゃあしゃあとユダたちが大手を振って街中を歩く季節という風にもとれる。それは一体、何のことなのか？　拡大解釈をすればいろいろにとれると思うのだが、どんなものだろう。

佐伯は左翼運動について、こう話す。

「私自身はノンポリなんです。世代的にも、六〇年安保には遅く、大学紛争には早かった。谷間の世代といえばいいでしょうか。政治運動にのめり込んだことはありません」

また、学生時代を振り返ってこんなことを話してくれたのは、すでに第三巻で紹介した通りだ。もう一度、書いておこう。

「左翼運動にシンパシーはありました。でも、革命が起きるという幻想は持っていませんでした」

『ユダの季節』を読むとスペインの風土や民族性が手に取るように伝わってくる。スペインへ旅をしたいと誘われる人もいるだろう。私も正直、そういう思いが募った。

圧倒的なのは先にも触れたが、闘牛の場面だ。この物語において、大切な意味を持っている。その興行システムから、牧場主や闘牛士の気質、実際の進め方、観衆の熱狂、闘牛場の雰囲気や細部の描写まで、実に詳しく迫真性をもって描かれる。闘牛の魅力とは何なのか。それはスペイン人の信仰にかかわるものではないのか。そこでは生と死が象徴的に表現されているのではないか。闘牛を追いかけるのに青春を賭けた佐伯でないと書けない文章だ。

　後に時代小説家になった佐伯はインタビューに応えて、剣戟場面を描く時に、闘牛を至近距離から必死で撮影した経験が生きていると語る。特に、間合いの取り方には、闘牛士と牡牛との闘いと、剣による決闘の間に共通するものがあるというのだ。

　この小説を読むと、それが実感できる。闘牛の場面をいくつか引用しよう。グラナディノ、トポは闘牛、ディエゴ、パロモは闘牛士の名前だ。また、ムレータは闘牛士が闘牛の最後の場面で使う赤い布とそれを支える棒のことだ。

〈生と生が激突した。

荒ぶる牡牛の意地と引退をきめた男の気力がからんだ。グラナディノの角先よりディエゴの切先が数分の一秒早く死をとらえた。剣はなんの抵抗もなく、肉に潜りこんだ。

闘牛士は剣の柄から手をはなし、砂の上に転がった。牡牛は空を虚しく攻撃し、四、五歩たたらを踏んで、ドドッと横倒しになった。ディエゴが立ち上がり、砂をはらった〉

〈パロモは牡牛に半身の構えで向き合っていた。ムレータを体の陰で前後に大きく振った。両膝をちょこまか動かし、トポに接近した。
トポはその分、退がった。が、かまわず相手の領域に攻めこんだ。間合が切られた。

闘牛士も牡牛もそれぞれ死守すべき領域をもっている。闘牛士の領域はいま立つ場から砂場の中心点まで、牡牛の領域は、いまいる地から板壁までだ。

パロモがトポの領域にどんどん侵入してくる〉

特に間合いに重点を置いた描写が、佐伯が後に書き続けることになる時代小説の剣戟場面と似ているように思うのだが、どうだろう。生死がギリギリの地点で分けられる一瞬。闘う者たちは互いの領域を奪い合うのだ。

この長篇小説のクライマックスはラス・ベンタスが舞台になっている。マドリードにあるスペイン最大級の闘牛場だ。テロリストたちは驚くべき方法で要人殺害をもくろんでいる。小説ではテロが成就してしまうのかどうかの緊迫感と、闘牛そのものの迫力が相まって、異様な興奮とともに結末へと読者をいざなってくれる。

この一冊を読むだけでも、佐伯の冒険小説のレベルの高さは明らかだろう。しかし、本は売れず、なかなか重版に至らなかった。佐伯は新しい試みをするように追い詰められていた。

（敬称略）

二〇〇六年十月『秋帆狩り』光文社文庫刊

光文社文庫

長編時代小説

秋帆狩り　夏目影二郎始末旅(十)　決定版

著者　佐伯泰英

2014年7月20日　初版1刷発行

発行者　鈴木広和
印刷　萩原印刷
製本　ナショナル製本

発行所　株式会社　光文社
〒112-8011　東京都文京区音羽1-16-6
電話　(03)5395-8149　編集部
8116　書籍販売部
8125　業務部

ISBN978-4-334-76776-1　Printed in Japan

組版　萩原印刷

お願い　光文社文庫をお読みになって、いかがでございましたか。「読後の感想」を編集部あてに、ぜひお送りください。

このほか光文社文庫では、どんな本をお読みになりましたか。これから、どういう本をご希望ですか。どの本も、誤植がないようつとめていますが、もしお気づきの点がございましたら、お教えください。ご職業、ご年齢などもお書きそえいただければ幸いです。当社の規定により本来の目的以外に使用せず、大切に扱わせていただきます。

光文社文庫編集部

遺文
佐伯泰英
吉原裏同心(二十一)

髪結
佐伯泰英

未決
佐伯泰英
吉原裏同心(十九)

無宿
佐伯泰英

夜桜
佐伯泰英

鵺女狩り　佐伯泰英
忠治狩り　佐伯泰英
奨金狩り　佐伯泰英
夏目影二郎「狩り」読本　佐伯泰英
流離　佐伯泰英
足抜　佐伯泰英
見番　佐伯泰英
清搔　佐伯泰英
初花　佐伯泰英
遺手　佐伯泰英
枕絵　佐伯泰英
炎上　佐伯泰英
仮宅　佐伯泰英
沽券　佐伯泰英
異館　佐伯泰英
再建　佐伯泰英
布石　佐伯泰英

決着　佐伯泰英
愛憎　佐伯泰英
仇討　佐伯泰英
夜桜　佐伯泰英
無宿　佐伯泰英
未決　佐伯泰英
髪結　佐伯泰英
遺文　佐伯泰英
佐伯泰英「吉原裏同心」読本　光文社文庫編集部編
薬師小路　別れの抜き胴　坂岡真
秘剣横雲　雪ぐれの渡し　坂岡真
縄手高輪　瞬殺剣岩斬り　坂岡真
無声剣　どくだみ孫兵衛　坂岡真
鬼役　坂岡真
刺客　坂岡真
乱心　坂岡真
遺恨　坂岡真

光文社文庫　好評既刊

惜別　坂岡　真
間者　坂岡　真
成敗　坂岡　真
覚悟　坂岡　真
大義　坂岡　真
血路　坂岡　真
矜持　坂岡　真
木枯し紋次郎（上・下）　笹沢左保
大盗の夜　澤田ふじ子
鴉婆　澤田ふじ子
狐官女　澤田ふじ子
逆髪　澤田ふじ子
雪山冥府図　澤田ふじ子
冥府小町　澤田ふじ子
火宅の坂　澤田ふじ子
花籠の櫛　澤田ふじ子
やがての螢　澤田ふじ子

はぐれの刺客　澤田ふじ子
宗旦狐　澤田ふじ子
短夜の髪　澤田ふじ子
城をとる話　司馬遼太郎
侍はこわい　司馬遼太郎
赤鯰　庄司圭太
陰富　庄司圭太
仇花斬り　庄司圭太
火焔斬り　庄司圭太
怨念斬り　庄司圭太
夫婦刺客　白石一郎
嵐の後の破れ傘　高任和夫
つばめや仙次　ふしぎ瓦版　高橋由太
忘れ簪　高橋由太
にんにん忍ふう　高橋由太
契り桜　高橋由太
群雲、賤ヶ岳へ　岳　宏一郎